JN207299

秋休み、あの砂丘で僕らは

Fall vacation, we were on that dune

目次
Contents

1　僕は、君に会いに行く

会いたい人がいる。


零《こぼ》れ落ちる砂。

その砂の描く曲線が、僕に風が吹いていることを教えてくれた。

全てのものに機能する、場の持つ重みは砂を地面に帰す。

その逆は、ない。例外や特別も。

流れる水や過ぎ去った日々が戻らないのと同じように。


「……何時……？」

頬を撫《な》でる風で目を覚ました。僕は闇に包まれていた。意図せずに発した声が目の前の大気と自身の鼓膜を震わせ、この部屋に自分しかいない確かさを強調した。

僕は体を起こす。三階建てのマンション、一人暮らし二十一歳の僕。それ以外に誰もいない。静寂と暗闇が混沌とした意識に溶け込んでいるだけだ。刻む律動。時計の秒針と分かるまでにしばらく時間を要した。その一定のリズムを意識と非意識とを結ぶ唯一のかすがいとして、僕は音のする方に目をやった。レトロなアナログ時計が時と音を告げる。一人暮らしにしては大きすぎる置き時計。実家を発つ時に持ってきたものだ。ぼんやりと光を放つ長針と短針、その黄緑の蛍光色が事務的に午前三時を告げていた。時間は一秒ずつ確実に未来へと運ばれている。昨日からそっくりそのまま続く今日、その静かな進行は僕の知らないところで、しかし間違いなく進んでいる。まるで月が地球から何の断りもなく離れていくのと同じように。

僕は夢を見ていた、のだと思う。夢の中の僕は高校三年生だった。

僕はもう一度時計の方を見た。

「時計の針って、止まって見えることあるよな」

セナが言った。

友人は僕に色々なことを教えてくれた。

「どういうこと?・」

僕は尋ねる。

追想。

線香花火の最後の輝きのような残暑。クラスのほぼ全員が下敷きをうちわ代わりにする、そんな秋の日だった。

僕とセナは教室の一番後ろの列で隣の席だった。

「たとえば……、黒板しばらく見てみ」

黒板にはいくつもの数式が書かれていた。僕はセナの指示に従う。

「ほんで、時計見てみ。なんか一瞬、針止まって見えるやろ」

「まじ？」

「やってみ」

「……ほんまや！」

僕はセナの想定より大きなリアクションをしたようだった。視線、とまではいかないが前方の数名の顔がこちらに向けて傾《かし》いだのが分かった。

「アハハ。ナイスリアクション」

セナは僕のリアクションよりも派手に笑った。今度はクラスの後ろ半分と一部の女子が振り向いた。

「クロノスタシス現象」

「は？　クロノタス……？　……中二病？」

「優秀な脳の錯覚。見えてる世界って、案外嘘にまみれてるで。脳は優秀ゆえにエラーを起こす」

「う、ううん？」

セナの話を聞いてから、僕はこの錯覚を楽しんだ。目に力を入れて時計を見る。針は一瞬だけ「カチリ」と止まる、ように見える。しかし、その後、惰性のように針はまた動き出す。何度も繰り返しやってみるが「時間」が止まったことは一度としてなかった。

「……窓、空いてたか……」

開けていたマンションの窓から風が入ってきた。僕は窓の方を見る。濃い四角形が窓のある場所に存在していることしか分からない。そこからは夏特有の湿度の高い風が入ってくる。昨日見た大きな入道雲が連れてきたものかもしれない。その中には秋の大気を纏《まと》うものを感じることができた。暗闇の中、僕は皮膚に感じる風の感触で外界と繋がっていた。

しかし、と僕は思う。

果たして今感じた風は、夏と秋とを分ける風だったのだろうか、と。

水辺の近くを通った時のような冷気を宿した風。

これは、もっと先の季節、秋の終わり、山間《やまあい》に吹く季節の変化を告げる風だ。

外から吹く風が強くなったように感じた。その風は鼻腔《びくう》から侵入し、鼻の奥にツンとする感覚を覚えさせた。

僕は直感的に思う。

この風は過去からやってきたものだ、と。

人の脳が起こす錯覚。意識が覚醒している時なら全力で抗うだろう事象を、今僕は受け入れることを選択した。その風の中に確かに過去がある。記憶の断片が無意識の海を揺蕩《たゆた》いながら、浮かび上がってくる。

僕はこの風を知っている。

木々が窓を打ち、激しい葉擦《はず》れの音が外から聞こえてくる。固く小さな砂粒が、壁に当たった乾いた音も聞こえる。夜の風に紛れて、どこからかやってきたその音は今確かにここにある。強風で飛ばされた砂が皮膚に当たる疼《うず》きさえも感じる。

僕はここで目を閉じる。

なぜ、過ぎてしまった「あの日々のこと」が思い出されるのだろう。

あれから四年が経つ。

偶然と必然との間に横たわる深い溝。つむった目の裏側、闇がより色を濃くした。意識がその意味を捉える暇《いとま》はなく僕の鼓膜は震える。聞こえるはずのない、しかし、かつて聞いたあの音を。それに呼応するかのように蘇る記憶を。


そう、「僕たち」は「その日」、いや、「その期間」というべきだろう。

鳥取砂丘に行ったのだ。高校三年生の秋。気の置けない友人セナ、カマヤツと。確か僕以外の二人が免許を取ってすぐのことだ。旅の目的は気まぐれそのものだった。でも、なぜ、秋だったのか？そう、それは「秋休み」だ。僕たちの高校には一週間程の秋休みがあった。風に揺れている彼岸花が僕の脳裏に浮かび、消えた。

そして。

砂丘で多くのことを語り合った。いや正確には、そこに着くまでも、着いてからも。そして近くの池が見える駐車場で僕たちは車中泊をした。夜気にあてられながら。

外では強い風が吹き、木々が車の窓に何度も当たっていた。何者も寄せ付けない闇の中で月の明かりがうっすらと僕たちを照らしていた。僕たちは確かにそこにいた。自分たちがここに運ばれてきた理由とか宿命とか分からないままに。海の方からは寄せては返す波の音が聞こえていた。漣《さざなみ》の始まりと終わり、その律動が聞こえる。まるで時計の針が一定の時を刻むように。

これらはすべて過ぎてしまったことだ。全ては過去が攫《さら》ってしまった。時間の波が無慈悲に僕たちを遥かな沖へ連れ去ってしまった。淀みに浮かぶ泡沫《うたかた》。そのひとつひとつが僕の内側から上昇してきては弾けていく。その度に記憶が蘇る。様々な角度から過去が照らされていく。

あの日見た月のことが思い出された。それは宇宙空間に浮かぶ孤独な天体としての月だ。望月。見る時期、時間で全く異なった表情を僕たちに見せる衛星、月。元来、球形であり、それ以下でもそれ以上でもない巨大な岩の塊だ。しかし、光の反射がもたらす外見の変化は、僕たちの内面に見過ごすことのできない影響を及ぼす。少なくともそれを見ている人たちにとっては。月と地球、お互いの引力で結ばれ、孤独を慰め合う関係。あの日、確かに月が浮かんでいた。月は池の水面《みなも》に反射し、二つになり僕たちを照らしていた。

今、僕は月の光からは閉ざされた闇の中にいて、あの日々のことを思い出している。僕の前を通過していったかつて現在だったもの。

僕は、君に会いに行く。

2　長い歳月が流れて

『長い歳月が流れて……』

「ガブリエル・ガルシア・マルケス」

「おー、正解」

「……『長い歳月が流れて銃殺隊の前に立つはめになったとき、』」

「合ってるよ」

「……『恐らくアウレリャノ・ブエンディア大佐は、父親のお供をして初めて氷というものを見た……』」

「いや、もうええって」

僕は話を遮《さえぎ》った。

正解だ。「答え」は出ている。

しかし、セナは続ける。

『初めて氷というものを見た、あの遠い日の午後を思い出したにちがいない』」

「セナ、……聞いてる？」

「何が？」

「いや、聞けよ」

「何何？」

「……作品名は？」

僕はセナに尋ねた。

『百年の孤独』

「正解……。スゴイな」

「そういえばやけど……、そういうお酒あるよな」

「そうなん？」

「多分、焼酎」

「焼酎って、普通のお酒とどう違うん？」

「知らん」

「何にしても、よく分かったな。それも読んだことあるん？」

僕は手元の国語便覧から目を離し、セナに尋ねた。そして運転席でハンドルを握るセナとは反対の方向を見た。窓の外を流れる一本の川。水が反射して光るのが見えた。僕は眩しさに目を細め、再び国語便覧の開かれたページに目を落とす。ページの端はよれている。不可逆的にぐにゃりと曲がった便覧。褶曲《しゅうきょく》した断層を思わせる。おそらく登下校の際に雨に濡れ、カバンの中で自然乾燥され、その慣れの果ての「今」なのだ。

どんな物にも歴史はある。しかし、国語便覧がどういった経緯でこの車に積み込まれたかは分からない。そして何の因果で鳥取まで移送されようとしているのかも。真相は藪の中だ。まあ、あまり深く考えるのはやめよう。旅は道連れ、世は情けと言うし、僕たちは一応、受験生だし。多分、「ガブリエル・ガルシア・マルケス」は受験に出ないだろうけど。

僕は再度ページを一瞥《いちべつ》する。今見ているページには、古今東西の小説家と作品名、そしてその作品の書き出しが掲載されていた。同じページには、近代の文豪やら、その文豪に所縁《ゆかり》のある場所の写真があり、好奇心を惹起《じゃっき》する構成になっていた。作成者の並々ならぬ努力の痕《あと》が気迫となって伝わってきた。少しでも文学作品に興味を持ってもらおうと長い歳月の果てに作成されたのだろう。確かに授業中の暇つぶしに耐えられるくらいの品質が担保されている。現に僕は授業中、無作為に開いたページを斜め読みしていた。

お気に入りのページは、小説が発表された年にどんなことが起こっていたのかがまとめられている年表だ。たとえば昭和二年、薪炭問屋《しんたんどんや》の紀伊國屋《きのくにや》が書店に転業した年、ある小説家は「唯《ただ》ぼんやりした不安」を理由に自殺している。二つの事実は全くの無関係なのだろうけれど、小説の書かれた時代の厚みを立体的に感じることができる。もちろん小説のモチーフになっている時代の匂いも。僕だって、日露戦争に出兵する弟を憂《うれ》いたりとか、安保反対に挫折して故郷の四国に帰る兄弟の気持ちが分からないわけではない。金閣寺を焼く気持ちは理解できないけれど。

いずれにせよ、小説家だって人間だ。歴史の拘束からは免れ得ない。歴史がその人に負わせる宿命は、受け入れざるを得ないのだろう。そのことが僕をなんとも言えない気持ちにさせた。僕たちの前に自由意志は、ない。かもしれない。

そして、引用された文と写真。これも僕の興味を喚起する。作品の中の一文とその横にはイメージしやすい写真が載っている。一文のほとんどが、書き出しだった。「メロスは激怒した」のような。そしてそれは僕の想像力を掻《か》き立てた。たとえば「木曾路はすべて山の中である――。――島崎藤村《しまざきとうそん》――」とあり、その横には舗装されていない一本の土の道の写真が掲載されていた。写真が木曽路かどうかはわからないが、その道の先と小説の行方がどうなっているのだろう、と興味を引くことに一役買っている。視覚のもたらす効果は侮れない。導入として読んでみようという気になる。

これは余談だが、あるクラスメイトは島崎藤村のことを「島崎ふじむら」と呼び、周囲から「さすがに、ないわー」の空気を一身に浴びていた。また別の時は、「毛沢東《もうたくとう》」を「けざわ　あずま」と呼び、ことごとく漢字と相性が悪いことを露呈していた。

話を戻そう。いずれにしても、この便覧に関しての所感を述べるとすれば、「高校生の気を引こうとする」とまではいかなくても、作成者からの熱心な歩み寄りを感じられる教材と言える。もっと平たく言うと「好感の持てる教材」だ。少なくとも僕はそう感じていた。ただ、残念なことに便覧が授業で取り上げられることはほぼなかった。僕はこの教材が作成される工程を考えると、ほんの少しだけ切ない気持ちになった。作成には、作成に至る経緯やそこに関わっている人、卑近な話、お金もかかっているはずだ。僕は国語便覧をぐにゃりと丸め、手を離した。便覧はしゅるしゅると手の中で元の形に戻った。

セナは続けた。

「ガブリエル・ガルシア・マルケス。『百年の孤独』、実は最近読んだんよ」

「おもろい?」

「そこそこ。てか……登場人物がややこしい。アルカディオとかアウレリャノとか」

「その話のテーマはざっくり何なん?」

「知らん」

「いや、それやったら読んだことにならんのちゃう?」

「なんで?」

「普通、『こんな話』とか『伝えたいこと』とかの一個や二個あるやろ」

「アハハ。先生やん。テーマって言われてもな。そこまで考えて読んでないし」

「……」

「読書って感想とか言うために読むもんじゃないし」

セナはぴしゃりと言った。

「……」

僕は何も言えなかったが、確かにセナの言う通りだと思う。

「…強いて言うなら、公《パブリック》の歴史では語らへん『忘れられた歴史』について書かれてたかな」

「へえー」

セナの説明で僕はその本に少し興味を持った。

「そんなんが教科書にあったらええよな」

セナは言った。

「『忘れられた歴史』って、……もしかして、都市伝説的なやつ?」

「いや、そういうことじゃない」

セナは否定した。僕はセナの言うことの半分くらいしか理解できず、黙ってセナの次の言葉を待った。

「歴史って誰が話すかが大事やから」

「……なるほど」

「歴史の裏面」

「歴史の裏面」

僕は繰り返す。僕は相手が何を言っているのかが分からない時は、とりあえず言葉を繰り返すことにしていた。セナは続ける。

「……けど、どっちが裏でどっちが表なんかっていうのは、誰が決めてるんやってことやけどな」

「……確かに」

「自分が直接知らないところで歴史が動いているみたいなことってあるやろ?」

「うーん、政治家が勝手に法律、作ってるとか?」

「いや、もっと、語られてないことかな。もっともっと、そうやな、地べたに足のついたって感じの」

「地べた」

僕はセナの言い回しが面白いので繰り返した。

「ふーぼーだって、知らんところでお世話になってるものがあると思うで」

ふーぼーとは、僕のあだ名だ。本名、福田裕《ふくだゆう》。

僕は「お世話になっている」という言葉から直感的にセナに借りた大人のＤＶＤのことを思い出した。セナの家はレンタルショップ兼本屋だった。セナの豊富な知見はその環境に由来する。なお、セナから借りたＤＶＤのタイトルは『女捜査官　お願いもうイカセて』。捕らえられた女捜査官があの手この手でイカされて最後は言いなりになるという内容だ。そのＤＶＤの裏には「耐える女は美しい」と書いてあった。その節《せつ》は、うちの息子が大変お世話になりました。ありがとうございました。

「……あかん、あかん」

僕は大げさに首を振った。

「何が？」

「いや、お世話になってるとか言うからさあ」

「アハハ。ふーぼー、またろくでもないこと妄想したやろ」

セナが笑いながら言った。僕は国語便覧を見た。

セナは続ける。

「六次《ろくじ》の隔《へだ》たりってあってさあ。知ってる？」

「……知らん」

「すべての人や物は六回のステップ以内で繋がってるってやつ。例えば、友達の友達の友達の友達の友達の友達をたどったら、タモリに繋がる、みたいな。今、友達って何回言った?」

「いや、数えてへんけど、たぶん六回やろ」

「まあ、どっかで繋がってるって思って過ごすと色んなこと見逃さずに過ごせるやろ」

僕は時々、セナの発言にハッとすることがあった。もちろん沢山本を読んでいることもあるだろうが、端的に言ってセナはませていた。高校生というより大学生といった感じで自分のことを客観的に見ていたし、発言の切り口は大人も舌を巻くことがあった。その切れ味は秋の流れる水のようだった。

「話は逸れたけど、セーターが裏返って、縫い目見えてるみたいなんて人間らしいって思わへん?」

「……うん? うん、なんか好感がもてるな」

「そうやろ。ちょっと抜けてる方が愛されるよな。『裏面』にこそ、『本音』とか『真実』があるって思うわ。ほんで、このさあ、『百年の孤独』って小説の一番いいところは書き出しやな。かっこいいな。書き出しは、もの書きが一番力入れるとこやで。この世の全てがそこにある」

「なんやねん。その海賊王みたいな感想。ほんでさっきから『裏』ばっかりやな」

「ばっかり、ではないやろ。てか、またエロいこと考えてる?」

「考えてる」

「アハハ。正直っていいよなあ」

セナが笑う。

「ありがとう」

僕はお礼を返す。くだらないエロ話は続く。曲がりくねった道も続く。

「てか、冒頭から好きやねん。ぐっと胸倉つかまれる感じがあって」

「？？胸倉？　……へえ、そうなんや」

「例えば……、こんな感じ。『物にも命がある。問題は、その魂をどうやってゆさぶり起こすかだ』」

「よう覚えてるな」

僕は素直に感心した。

「この文、ええやろ。物にも命がある。そう、この車にも。山にも、川にも、便覧にも」

車が、ひび割れたアスファルトの上を通過し、上下のバウンドに呼応するかたちで僕たち三人も揺れた。

曲がりくねった道を車が滑るように進む。進行方向の右手には、岩がむき出しになった山が迫っている。その岩肌からは昨日の雨の影響だろう、水が染み出していた。その水はまた地面に潜《もぐ》り川に合流するのだろう。左側には川が流れていた。川はしばらく道と伴走している。

降った雨が山を削り、谷を作り、岩を運び、つまり、典型的な浸食作用と運搬作用の結果、この地形が作られたのだ。川は地球に刻まれた刺青《タトゥー》だ。しかし、地球の尺度《スケール》の前では、はかない一瞬の傷だ。数万年もすればまったく違った地形が目の前に広がっているだろう。様々な作用がもたらした結果、今の地形が出来上がっている。

そして、今ここにいない誰かが舗装《ほそう》してくれた道が目の前にある。山と川、その間を僕らの車は走っていく。川は、先日の雨で水かさが増しているようだ。黄土色の濁りを残し、上流から流されたであろう木の枝が見えた。木の先端にはどこからか流れてきた黒いビニールが引っ掛かって風に揺れていた。あたかも強風に翻弄《ほんろう》されるカラスのように。

「川やばいな。味噌汁みたいやな」

セナが言う。

「たとえ和風やな。コーヒー牛乳みたいな、じゃないんや」

「日本人なら、味噌汁やろ。ふーぼーのアカンとこは決めつけるとこやな」

「急に直球のダメ出しやん」

「素敵やん」

「いや、ちがうやん。てか話聞けよ」

「ほんでな……。『百年の孤独』に書かれてるんはな、政治的な力に消された歴史を、想像の力で光を当てるってことなんよ」

川と道とセナの問わず語りは続く。

「これぞ、ラテンアメリカ文学って感じや。小さな小さな忘れ去られた公園で。どこにでもあって、どこにもない、みたいな。人間の想像力を使って本質をあぶりだす、ほんまにイメージの力って偉大やわ」

「ほーん」

僕は口を開けながら返事をした。しかし、セナの言ったことが分からなかったわけではない。何か大事なことを聞いているように僕は感じていた。

「じゃあ、次の問題出して。便覧見てもええから。あ、危な。次、右やったな。この先、めっちゃ道狭いやん。国道ちゃうな。酷道《こくどう》やわ」

「分かった。ほんで酷い道で、酷道な。耳で聞いたら分からんて。でも、和歌山の南はこんな道ばっかりらしいで。えー……、春はあけぼ……」

「……いや、簡単すぎやろ？　なめてるな。あー、和歌山行っても良かったな」

＊＊＊

僕たちは、あの時、一路、鳥取砂丘を目指していた。高校三年生の受験生にも関わらず。

セナとカマヤツが交代しながら運転をしていた。僕は十八歳の誕生日を迎えていないことから、助手席で地図を広げて道案内をしていた。

どんなに時が流れても、僕はその日のことを克明に思い出せる。大げさとか誇張とかなしに。その日の天気はもちろん、車から見えた景色の一部始終ですらも。なんなら、窓から見えた一枚の葉、その一瞬、葉脈が日の光で透けて見えたことも。山々がつづら折りになった細い道で、木々が野放図《のほうず》に空を隠し、その緑のトンネルを抜けた時の柔らかで乾いた日差しのことも。デッサンしろと言われれば無理だが、記憶にしっかりと刻印されている。たとえ雨が山を削って地形を変えてしまっても。

車中、僕たちはいろいろな話をした。

日頃している他愛ない話、そしてエロ（男同士でこれを話さないことなどあるのだろうか。以前、外国からの留学生が来た時も男同士は猥談《わいだん》で盛り上がった。エロは国境を越える。ピース）。他愛ない話と猥談、以上。というのはいささか言いすぎだが、八割はそういった話だった。地元を発って、特に目的のない話とエロ話が何周かして、小説の書き出しを当てるというくだりになったのだ。

一方で、進路や将来のことも大真面目に語り明かした。それは普段は踏み込まない領域なのだが、旅の解放感に後押しされるかたちで、いつも以上の熱量で僕たちは語ったのだと思う。

そして、僕がその時付き合っていた彼女のことも。

当時の僕はややこしい案件を抱えていた。二人は特に答えらしい答えは言わずに話を聞き、時々茶化した。茶化してくれたことが逆に僕は嬉しかった。なぜなら、「深刻さ」は時々重さを帯び、周りを沈めてしまう。あたかもブラックホールが重力によって星々を飲み込むように。

後年、僕はある一定数の人が悩みや心配事によって周りを巻き込み沈めているのを見たことがある。不幸な感情は伝染、感染する。そして、人によって感染しやすい人、しにくい人がいる。それは個体差、あるいは個性なのだと思う。中には深刻で悲惨な身の上話を聞いて、我がことのように静かに涙を流し、唾を呑み込むのだってできない優しい人もいた。一方で、悲惨な話にもらい泣きしながらも、特大のピザを大きな口を開けて頬張る人もいた。その人は泣きながらも、マルゲリータピザを平らげていた。悲しみと空腹は独立した器官なのだろう。様々な経験をして分かったことだが、本当にいろいろな人がいていろいろな悲しみ方があることを僕は知った。悲しみ方だって千差万別だ。もちろんそこに良い悪いはないけれど。

僕は深刻な話を聞く度に、セナやカマヤツみたいに冗談にしてくれる人がいればいいのにな、と思ったものだ。光さえ逃さない暗い話になるくらいなら、いっそユーモアに昇華してほしい。あまり、いたましい感じで聞きたくない。ふわっと軽く笑えるくらいのユーモアにすることは才能のひとつだ。残念ながら、そういったことはテストに出ないけれど。

セナやカマヤツの影響もあったと思うが、僕は高校を出た後、自分の不幸な身の上話を笑って聞いてくれる人とは仲良くできた気がする。同情はありがたいけれど、されればされるほど、自分の惨めさが浮き彫りになる。そして最後は月並みな励ましをもらって、「ありがとう」と僕は言う。そのありがとうはもちろん、本当に感謝しているのだけれど、我儘《わがまま》で欲深《よくぶか》な僕は、「欲しいのはそれじゃないのだけれど」、と思ったものだ。そして、その思いを心の奥底にしまい込んで相好を崩すのだった。マッサージで違うツボを押されて、そこそこの金額を取られた時のようなほんの少しの不満が後には残った。その不満の残滓《ざんし》を僕は見て見ぬふりをしてやり過ごしてきた。

結論。自分がかけてほしい言葉をいつも誰かがかけてくれると思うのはいかにも傲慢で不遜な考えだ。お花畑だ。励ましてくれた相手の優しさすら分からないのは本当にろくでもない。ただ僕が言いたいのは、悲しみや不幸との向き合い方にはいくつものバリエーションがあるということだ。セナやカマヤツがしてくれたように。不幸を空中に放り投げて、闇夜に瞬く星として輝かせる。それくらいの情緒があってもいいと思う。もちろん、嘲笑の対象となるのは遠慮したいけれど。大切なのは、プライドとか全部放り出せて、一緒に笑ってくれる友達だ。

とにかく、その旅の間、飽くことなく僕らの話は続いた。道や川が続くように。どこまでも、どこまでも。大道、長安に通ず。どこから話し始めても、オチはなくとも会話が途切れることはなかった。とにかくよく話し、よく笑い、時に誰かがシリアスにキメた。そのやりとりを評するなら「あっさりしているのにコクがあるラーメン」といった感じだ。あるいはテニスで言うならお互いがボールを気軽に打ち合う乱打といったところだろう（中学時代、三人ともソフトテニス部だった）。僕らの会話のラリーは続く。仮に深刻な話題になったとしても、気が付けば下ネタになっていたり、また、ふざけて言った言葉の中にえらく本質的な何かを感じていたり。何回かは、この世界の本質みたいなものを三人で得たような感覚になっていた。そして鬼の首をとったみたいにその本質に到達したことに酔いしれていた。今思えば大したことはないのかもしれないけれど、話している内容以上に三人の会話そのものが僕らを満たしていたのだと思う。

ただし、この心地よい会話の背景には、当時僕たちの前に広がる将来への漠然とした不安があったことは見逃せない事実でもある。昭和二年に「唯《ただ》ぼんやりした不安」から自ら命を絶った芥川龍之介ほどではないのだけれど。内在されたもろもろの不安を三人で様々な角度から検証し、打開策を模索していたとも言える。それはほぼ無意識的と言ってもいいくらいに。一人なら絶望の沼に足をとられそうでも、「三人いればなんとかなる」と直感的に思っていたのかもしれない。三人寄れば文殊の知恵。おそらくではあるが、悲観的な事実を楽観的に捉える練習を三人でしていたのだとも思う。これからの人生において起こりうる目を背けたくなるような絶望にも耐える練習を。きっと、うまくいく。今まで三人でうまく乗り越えてきただろう、と。ささやかな願いを込めながら。

もちろん当時、そこまでのことを考えていたわけではない。しかし、多感な時期というのは、理屈ではなく直感で成り立ってしまうということが往々にしてある。

あの頃の僕たちは、この旅もこれからの先の人生も、なんとかなることを無条件に信じるくらいには無邪気《イノセンス》だった。それがどんなに酷い道、「酷道」であっても。

＊　＊　＊

「まあ、清少納言『枕草子』は、教科書出てるからな……。簡単すぎるよな」

「いや、俺じゃなくても余裕やろ。代わりに出すわ」

セナが代わりに問題を出すことにした。

「分かった」

「春から始まるやつで、……『春が二階から落ちてきた』」

「……ごめん、わからん」

「伊坂幸太郎『重力ピエロ』」

「ああ、その本の題名、知ってる」

「そうやろ。俺ん家にもあるで。ちなみに、俺これでＤＮＡの配列覚えたわ。命の回数券、テロメア」

「へー。命の回数券なあ……。細胞分裂の回数が決まってるってやつな」

「そう。けどその回数券を無限に発行できるやつがおんねん」

「へ？」

「分かる？」

「いや、分からん」

「ガンや。ガンは無限に自己複製できる。けど、増えすぎた結果、その本体——この場合は人間な、をも殺してしまう。そして自分も死んでしまう」

「無限に自己複製するってことはガンそのものは不老不死ってことか……。けど、不老不死がゆえに最後は一緒に死ぬっていうのは皮肉な話やな」

「そやねん。何がしたいか分からんやつやねん。人間でも何したいか分からんやつが一番怖いわ」

「……命の回数券」

と、僕はつぶやいて少し怖くなった。今、自分には何回、その回数券が切られたのだろう、と。その恐怖から目を背けるように僕はセナに質問した。

「セナは小説の書き出し、だいたい覚えてるん？」

「刺さったやつだけな。谷井《たにい》ちゃん言ってたけど、人間って必要って思わな記憶せえへんらしいで。あと感動したことも忘れへんらしい」

谷井ちゃんとは、僕らの高校の日本史の先生の名前だ。

「小説の『書き出し』は、セナにとっては『必要』なんやな」

「いーや、全然」

「どないやねん」

「アハハ。てか、ふーぼー、はよ問題出せよ」

「今考えてんねん」

「遅いなら、カマヤツ代わりに出して」

「……」

　返事はない。まるで屍のようだ。

「あかんわ。カマヤツ寝てるわ」

　そういえばカマヤツは昨日、ドラクエのレベル上げをひたすらやっていた、と言っていた。おそらく寝てないのだと思う。

「おお、カマヤツ！　眠ってしまうとは情けない」

「わかった、ほな、次の問題は俺が出すわ。『耐える女は美しい』……」

「いや、それ、『女捜査官　お願いもうイカセて』やん」

「セナ、なんでも答えるやん」

　僕とセナは笑った。カマヤツは眠っている。狭い道を車は走る。

3　十月、秋休み

鳥取砂丘に行ったのは、肌寒い秋の日だった。十月、秋休み。

僕たちの高校には秋休みがあった。なぜ秋休みがあったのか、当時、僕たちの担任は、その理由を言ったかもしれないが、覚えていない。ただ、目の前には動かし難い事実として拘置所の壁のごとく屹立《きつりつ》した「秋休み」があった。壁が拘置所の中と外とを分けるように、秋休みに入る前と後では明確な分断があった。とにかく、その期間の「持て余した空白」をどう「消費するか」が僕たちには課された。そう、生産ではない。どう消費するか。

高校三年生である僕たちは、「年が明ければ、共通テスト！　大学入試まで、一日一日を大切に……」すべきはず（現に担任のタンピピ――彼は生物の担当でもあったが、致命的な滑舌の悪さから、タンポポの発音がタンピピと聞こえた。それ以来担任はタンピピの汚名を背負うことになる――はそう言った）なのだが、そんな気には毛ほどもなれなかった。なぜなら、我々は地方の高校生だったから。自分たちが何者で将来どうしたいか、また目下の大学入試についても、正直、雲を掴むような話でどこか他人事だったように思う。そもそも近くに大学はないし、大学に行って将来何になる？　という生徒がほとんどだった。事実、専門学校に行くか就職するという生徒も多くいた。いずれにしても大半の生徒の近い未来には限られた選択肢しかなく、「これくらいの人生しか用意されていないのか」とある種の諦めと虚しさが漂っていた。

ある生徒に至っては、「浪人するのは親御さんのことを考えたら辞めた方がいい」というタンピピの発言を聞いて、「先生、浪人て武士ですか」と大真面目に答えていた。普段はボケる感じでもない生徒が、そんなことを言ったので、教室中が「マジか」の空気になった。それ以来、そいつは「バクマツ」と呼ばれるようになる。バクマツの誕生。

この例からもわかるように地方の高校生は情報戦ですでに敗北している。恐ろしいことだが浪人という言葉も大学の名前も東京大学と京都大学くらいしか知らない。バクマツがそうであったように、言葉を知らないということは概念を知らないのだ。概念とは思考の枠組みだ。枠組みを知らないものが、どうして共通テストを頑張れるのだろう。「タイサク」も「ケイコウ」もない。そもそも共通テストって「どの科目を受ければいいいん?」のレベルなのだ。「教育格差」とは知っているかどうかでまず差がつく。

なお、バクマツは、結局「イチロウ」の末、私立の外国語系の大学に進学することになる。バクマツの（一浪の末の）大学合格は、我々の高校からすると太平の眠りを覚ますもので、後にバクマツは卒業生代表として、凱旋寄港（帰校）することになった。在校生の前で大学入試合格までの自身の勉強方法やモチベーションの保ち方を講演したのだ。バクマツの受かった大学はそこそこ名の通った大学だったことから、彼は浦賀に上陸したペリーのごとく注目を集めた。

実は、僕もその時在校生に話をすることになって呼ばれていたのだが、バクマツの弁舌は戸板に豆のようにそれはそれはまろやかなものだった。まずツカミが、「タイ語」だったのだ。そこで聴衆にウケたバクマツは勢いに乗り、最後は喝采《かっさい》の拍手をもらっていた。僕にとってもなかなかに衝撃的な出来事で、人がきっかけによって変わっていく、または田舎から解き放たれていくさまに立ち会えたことは大変貴重だった。こうしてバクマツは文明開化したのだ。

閑話休題。

秋休み。もちろんそれは率直に楽しみなことでもあった。時間が自由に与えられている事実、また、それがまだ来ていない時、人は無限の可能性に夢を見がちだ。「何をして過ごそうか」、「どんな楽しいことがこの先に待っているのか」と、旅行に行く前の一番盛り上がる気持ちがクラス全体から滲み出ていたように思う。

しかし他方で、自由な時間、それは、「充実した時間を過ごさなければならない」というある種の呪いでもあった。

「『我々は、自由の刑に処せられている』」

セナが僕に問題を出した。

「サルトル」

僕は答える。

「やるやん」

セナが言った。

「てか、倫社《りんしゃ》の教科書にあったし」

倫社とは、いわずもがな「倫理社会」だ。僕は倫理社会が好きだった。勉強の中では唯一といってもいいくらいに。当時、自分では大発見だと思っていた考えが、なんと何百年、あるいは何千年も前にすでに説明されていたことにくらくらした。

一例を挙げると、ルネ・デカルトの「我、思う故に我あり」という考えだ。一般的には、「全てを疑った結果、疑っている自分だけは疑えない」という考えなわけだが、ある時、僕は全てが嘘だと思ったことがある。セナから時計の針が止まって見える錯覚の話を聞いたことも関係していなくはない。本当に大げさではなく、この世界は全てがフィクションで、自分なんて存在しない、と思ったことがある。仮にいたとしても自分は病院のベッドで寝ていて、今見ている世界は夢なのだと思っていた。

また、ある時は、教科書に書いてあることは全て出鱈目《でたらめ》で、なんなら自分が生まれた瞬間に歴史が始まり、日本史や世界史の教科書は全てでっちあげだという随分とぶっとんだ思想を展開していた。もちろん、そんなわけはないのだけれど。しかし、自分と同じような考えを持っていたデカルトに一方的に親近感を抱いていた。そのことがきっかけで僕はデカルトの著作に興味を持つようになっていた。

「アハハ。ふーぼー、倫社『だけ』は、得点ええもんな」

「『だけ』な。まじで化学とか終わってる。……モルってほんまなんやねん……」

「授業中違うことやってるからやろ。サルトル、俺も好きやで。自由、故に迷うよな。ほんま自由って窮屈やわ」

「……自由が窮屈?　……うん、まあ?　分かったような、分からんような……」

返答に困っている僕にセナは言った。

「ほんで何する?」

別に、「休みに何をしたか」でその人の幸福度が測られるわけではない。また、それを誰かに見せるというわけでもない。しかし、「充実した休みを送るのがイケてる高校生だ」という思い込みが当時の僕らにはあった。また、「そうすべきだ」というほんの少しの強迫めいた気持ちも。日々を「何か」で満たすことは青春のステータスのひとつだ。

とかく多感な高校生にとって、思春期の「空白」は避けたい。秋休みが終わって、何をして過ごしたのかを誰かに聞いてほしい! ……とまでは思わないが、「内面からあふれ出る充実」で自分を満たしていなければ、校舎内を歩くことだって後ろ暗い。自分は不完全で、何者でもない。それを補完するための「充実しています」という対外的なアピールは、オシャレな服に身を包むのと同じくらい大切だ。とかく自分をブランディングしたいのだ。特にショッピングモールで買う服が画一的になりがちな地方の高校生にとっては。

もちろん、全員が「空白恐怖症」ではないし、僕自身も極端に何かに駆られていたわけでもない。しかし、口にこそ出さないが、「秋休み」と聞いて言いようのない居心地の悪さを感じていたことも事実だ。

そもそも論だが。なぜ秋休みが? その理由は、今から思う(推測する)に、教員同士の研修が予定されていたのだと思う。とくに面白くもない理由だ。「誰の」、「誰による」、「誰のため」の秋休みなのだろう。とにかく、十月の中頃、過ごしやすい気候に移り変わる一週間ほどの期間、そこに秋休みはあった。季節に折り目をつけるように。「ここからは秋ですよ」と誰かにこっそりと秘密を打ち明けるみたいに。彼岸花が興隆を極め、そして、色を失い枯れていく。それを見送った後の儀式のように秋休みはあった。彼岸花の一生。咲いた花はやがて土を作る。

学校からの帰り道、田んぼの畝で揺れている彼岸花を見て、僕は、せっかくだから何か少しでも得るものがあればいいなとささやかに願った。確かに僕はここに存在している。しかし、僕は何者でもないのだ。そこに存在することとは別に、「存在の理由」のようなものを僕は求めていた。どうか、この秋休みが良きものでありますように。

と、時同じくして、グラウンドの方から野球部のバットがボールの芯を捉えた音がタイミング良く聞こえてきた。まるでクイズの正解の音のように。それは、僕の気持ちを不思議と盛り上げてくれた。秋休みを前に、不思議と意欲的な自分と、まだ見ぬ近い将来への、言い換えるなら、未知への不確かさに気持ちは確かに高揚していた。野球部のボールが高くなった秋空に吸い込まれていった。それは底の抜けたような清々しいまでの秋の空だった。

「……空に吸われし、十五の心……」

人よりもスローペースで大人に近づく十七歳の僕は、どこかで聞いた誰かの短歌を無意識につぶやいていた。

4　何かのお導きであるかのように

「鳥取砂丘にでもいこか」

セナは言った。

放課後、近所の小学校（昔、僕たちが通っていた小学校でセナの家から徒歩五分だった）でサッカーをしていた時のことだ。夕焼けが嘘みたいにきれいな十七時の空だった。

「車？」

「そう、親父に借りる」


セナ、本名、麻殖生星那《まいおせな》、五月一日生まれ。高校三年生の誕生日を迎えてすぐ免許を取った。よく自分の誕生日はアイルトン・セナが死んだ日と言っていた。誰かが生まれた日は、誰かの命日。しかもよりによって同じ名前の。ことあるごとに、セナは「自分の誕生日」のくだりになると事故死したF1ドライバーの話をした。

「セナが死んだ日に生まれてん」

「いや、なんかおめでとうとか言いにくいな」

「まあ、覚えていてな」

自分を印象づけることに熱心な高校生が多い中（自分もその一人だったし一般的な高校生は往々にして自意識過剰なものだ。電車内でされるひそひそ話が、自分の服装のことを言われているのではないかと心配になるのと同じくらい）、セナは違った。

セナの自己紹介は、単純に知っていることを言っているだけだ。要は、セナは博学なのだ。そしてその博覧強記ぶりを駆動させる正体は自身の家が本屋であることを差し引いても、セナ自身の「知的好奇心」にあるだろうと僕は考えていた。どんなことも貪欲に知りたい。多くの人が自分の興味の範囲内で気になる情報だけを受信するものだが、セナはそうではなかった。自分には全く関係のないようなことまでよく聞いていたし、よく覚えていた。ストライクゾーンが広いのだ。通過していく情報を反射的に取り入れているように見えた。カエルが動いているものに対して本能的に舌を伸ばすように。

かといって、獲物を狙うハンターのごとく忍耐強く待ち伏せをしているわけでもない。常にアイドリング状態で、いつでも発進できるのだと思う。おそらくそういった能力を先天的に持ち合わせていたのだろうし、何よりも自分の知りたい気持ちに正直なのだろう、と思う。興味に対する真摯な姿勢、そこに一点の曇りすら認められなかった。天高く馬肥ゆる秋空のように、その好奇心は果てしなく澄んでいるように僕には思えた。

そして、何より頭の回転が速い。ぼんやりしていない。物事の本質を見抜き、的確に言葉を選び、当意即妙に返す。おまけにスポーツもできた。アイルトン・セナの名に恥じないほど足も抜群に早かった。普段の行動も人よりも素早く、セナの通った後の机からはプリントがひらひらと落ちることもあった。身長一七八センチ。顔立ちは切れ長な奥二重な目に笑うと八重歯が見えた。まあ、普通の感覚で言うとイケてる男子だ。

おそらくセナの頭の中にはあらゆることを関連づけるネットワークみたいなものが緻密に張り巡らされていたのだろう。自身のデータベースから判例を持ってきて瞬時に照合させて発言しているように思えた。その発言も正鵠《せいこく》を射るものが多く、クラスのディベートが行われる時には、みんながセナの発言を待っている時があった。しかも、それすら先回りしているセナは、今自分が発言するとクラスのみんなが主体性を持って議論に関わらなくなると考え、敢えて発言を控えていたことすらある。少なくとも僕にはそう見えた。意見が出尽くした後、必要最小限で自分の考えを述べたり論点をまとめたりしていた。それもちょっとしたユーモアとイジリも交えて。

自分の発言は、他者が声にすることで初めて客観視できる時がある。そこで改めて考えが整理される。セナはそれを生来的に知っていたのだろう。クラスメイトの発言を復唱し、それを聞いた相手が「今自分はこんなことを言ったのだ」と気が付く時もあったように思う。

余りある知的好奇心。そして瞬時に状況を把握し全体を俯瞰する。押したり引いたりをわきまえる。状況に応じた最適解を模索し、導き、実践する。そしてそれを鼻にかけない。そんなセナに僕は舌を巻くしかなかった。

ある時のディベートで、「立膝で食事をする文化がある」ことについて議論になった。もちろん典型的な日本人の発想からすると「行儀が悪い」ことになる。それを指摘するかどうか、またその時の言い方などに議論が発展していった。

バクマツは、「郷に入っては郷に従え」と強硬路線を提唱し、「日本ではそんなことしたら、行儀悪いで」で押し切ろうとしていた。それに、「そうせな、周りから変な目で見られて自分が困ることになるで」とも。そういった明確な主張があった方が議論は活発化する。

また別の観点からは、クラスの活発系女子、秋田《あきた》さんが「ウチはウチ、ヨソはヨソ」という関西のオカン理論で「指摘しない」という持論を展開した。要は「好きにさせる」ということである。表面的には相手の文化を認めたようには見えるが、それは無関心でもあり、理解には程遠いのではと皆がうっすらと思っていた。

議論がある程度煮詰まってきた頃合いで、セナは一言、

「自国の文化を大切にする人って、国際人やよな」

と言った。それがどちらの立場の意見なのか、皆が一瞬考えた時間があった。日本なのか、外国なのか。開いていた窓から初夏の風が教室を通り抜けていった。暖かく大きな空気だった。カーテンが気球を膨らますみたいに翻《ひるがえ》ったのを僕は見た。そして、

「一回立膝やってみたら。実際やってみな分からんし」

と、セナは続けた。

「ほんで、次は正座試してもらったら？　お互いやってみなわからんのちゃう？」

と言った。今から思えば当然なのだが、「一度やってみる」。皆がセナの話を聞くモードになった。確かにお互い一度やってみて、意見や批判はその後でもいい。

僕たちは言葉で意思疎通を行う。しかし、時に言葉での議論がいかに現実的ではないかをセナの発言は暗に示していた。セナは続ける。

「前、留学生が来た時、一緒に蜂の幼虫、食べたやん。俺結構うまかったと思うで。とりあえず一緒にやってみたらええやん」

僕は後に自身が短期留学をした時、この場面を何度も思い出したものだ。「まずは、自分がやってみよう。相手を指摘する前に」。実際に僕自身、現地の学生と仲良くなったきっかけは一緒に汗をかいて重い土嚢《どのう》を運んだり、イベント用の仮設テントを組み立てたりした時だ。あとエロ話で盛り上がっている時と。とりあえずだが、まずは一緒にやってみる。同じ釜の飯を食ってみる。そして、相手と目線を同じにする。その上で自分の意見も言う。その時は相手に伝わるように表情や声のトーンなどを配慮しながら。「相手のことを尊重しているという姿勢こそが大事なんだ」とセナは言外に伝えてくれていた。そしてそれは自身の体を動かしてやってみないことには分からないよ、と。

別の場面でセナはこんなことも言っていた。

「理解するって英語でunderstand《アンダースタンド》って言うやん。under《アンダー》、下に、stand《スタンド》、立たないと分からんのよな……」

前後の場面は忘れてしまったが、相手の立場が上とか下とかではない。立場という言葉通り、相手がどう思っているかのスタンスが分からなければ真の「理解」は得られない。

そして、ディベートの最後に一言こう付け加えた。

「ていうか、なんで正座ってあるん？　あと立膝もやけど」

僕たちははっとした。遠くで早練しているブラスバンド部の（多分）一年生の「プファー」という間の抜けた音が聞こえた。それが合図となってみんな一瞬静まり返った。

自国の文化を大事にするということは、何も文化的所作を体現することだけではない。その文化のルーツを知るからこその文化理解だ。そういえば僕たちは、意味も分からずに「昔からやっているから」という理由で惰性になってやっている風習がたくさんある。疑うことすらせずに。確かに「こう思う」とか「これが良い」という主張は大切だ。しかしその主張の動機を探ることはもっと大事だ。主張と同じくらい。発言者の推す理由とか、背景とか。

セナの発言は皆を議論する前に連れて行ってくれたように思えた。議論の土台が揺らいだようで、皆しばらく言葉を探していた。何か気の利いたことを言った方がいいのか。しかし誰も第一声を出すことはできなかった。皆の思考のこわばりを察したセナは、

「てか、俺、正座ほぼやったことないねんけど」

と付け足した。みんな「なんやねん」の空気になって場は和んだ。

「あかんやん」

秋田さんが笑いながら言った。セナも、

「アハハ」

と笑った。

こんな風に、「自分の空気」を自然と作ってしまうのもセナの魅力のひとつだ。実際にそういったことがナチュラルにできる人はこの世にはいる。

僕はセナと話していると、頭が整理されるような気がして、また自分でも考えていなかったことが会話から引き出されるような気がして一緒に話をするのが楽しかった。会話の中で自分でも驚くくらい言葉がすらすら出てきたことがある。その時は特に何も言わなかったが、セナのナイスなパスでゴールを決めさせてもらえたのだと思う。そこに対しては感謝する気持ちになったが、お礼を言うのも変なので何も言わなかった。

「アイデアの壁打ちや」

セナは言った。

「うん」

「誰かと話すことで、自分の考えって固まっていくよな」

「ほんま、それ、ある」

「英語で言うたら?」

セナが僕に聞いた。僕は思わず答えた。

「ソリッド」

「そう、同じ『固い』でもhard《ハード》じゃないな。solid《ソリッド》やわ。中がぎっしり詰まって密度が濃いものやな」

この会話からも分かるように、自分は「ソリッド」なんて言葉はこれまで使ったことがなかった。どこかで聞いたことはあるのだろうが。おそらくだが、英語の単語帳に載っていた、と記憶している。それを自然な会話の流れで引き出してくれるのだから凄まじい。まるで大いなる何かのお導きであるかのように。

以上のことから分かるように、セナは僕らとは一線を画していた。皆もそれを薄々感じていて明らかに一目置いていた。畢竟《ひっきょう》、スペックが違うのだ。

ディベートが終わる頃、ブラスバンド部のアルトホルンの音が低く聞こえてきた。戦の局面が変わることを告げるほら貝のように。

ゴール前にセナが蹴ったボールが転がってきた。程よい速度の程よい軌道で。キーパーをやっていた僕の手にボールがスッポリと収まる。

「鳥取まで一日でいける？」

僕は聞いた。

「車で泊まる」

セナは端的に答える。

「それ、ええなあ」

「あと、カマヤツも誘おか」

カマヤツ、本名、村田宏《むらたひろし》。小学生の頃、ほとんどの子が、「ムッシュ」と呼んでいた。ある時を境に「ムッシュ」は「カマヤツ」に進化した。誰が言いだしたかは定かではないがミュージシャンのムッシュかまやつの本名がそのルーツらしい。カマヤツは小学校五年生の秋くらいまでは学校で手がつけられないくらいの暴れん坊だった。小学生にしては体が大きく授業中は先生の言うことはひとつも聞かず、授業もよく立ち歩いていた。ただ、騒ぐというわけではなく、先生の指示を聞かなかったり、好きなように振舞っていたりが目立つ子だった。究極的にマイペースなのだと思う。当時担任の小野《おの》先生（僕はオノという響きから、何か物々しいものを感じていた）がよくカマヤツを廊下から引きずりまわして無理やり椅子に座らせていた。今から考えるとどうかとも思うのだが、カマヤツがあまりにも立ち歩くので、小野先生は職員室にあった梱包用の黄色いプラスチックのテープで椅子にしばりつけた。堪忍袋の緒が切れたのだ。するとカマヤツは縛り付けられた椅子ごと教室を出た。脱走劇の様子が面白かったので、教室中は爆笑の渦に包まれた。小野先生とカマヤツのトムとジェリーのようなやりとりは僕らの学校生活のエンタメでもあった。しかしある時、思わぬことがきっかけでカマヤツは大人しくなる。事実は小説よりも奇なり。

そこに一枚かんでいるのが、我らがセナだ。校庭で「てこの原理」を実演する授業があった時のことだ。支点、力点、作用点の理解のために大きなタイヤを長い棒で動かす授業だったと記憶している。校庭には使われなくなった大きなタイヤ――小学校中学年の身長くらいのものがあった。あの大きなタイヤがどこから来るのかは学校の七不思議のひとつだが、地面に半分埋まって馬飛びをするような生半可なタイヤとは一線を画すほどの重量感はあった。そこでカマヤツが大きなタイヤを持ってこようとして寝そべっているタイヤを起こした時だ。タイヤの隙間にたまっている水が近くにいた女子にかかったのだ。思いのほか水が入っていたようで、その子は洪水に見舞われた気の毒なネズミみたいに濡れていた。セナは切れ長の目を細くしてカマヤツを見た。次の瞬間、「むぐっ」という鈍い声とともにカマヤツが校庭に倒れた。爆弾で解体されたビルみたいにきれいに崩れ落ちた。一同、何が起こっ

たのか分からずにいると、セナが一言、

「周り見ろ」

セナは、カマヤツの太ももに膝蹴りをくらわしたのだ。僕らの中でこの膝蹴りは「ちゃらんぼ」といって太ももの側面にありったけの力で膝蹴りをお見舞いすることなのだが、なかなかにクリティカルなのだ。

「こいつは口で言うてもわからん」

セナは「切り捨て御免」の武士のごとくその場を立ち去ったが、周りのクラスメイトたちは何が起こったかを呑み込めずに呆然としていた。濡れた女の子は、ぼーっとセナの方を目で追いかけていた。カマヤツはしばらく立てずにいたが、ダメージの回復を待ってひょこひょこ動き出していた。そして、濡れた女の子に一言、謝罪をしていた。

それ以来、なぜなのだろう。カマヤツは授業中の立ち歩きを一切しなくなった。セナの蹴りとカマヤツのその後の行動に何の因果関係が働いたのかは全く理解できない。しかし人間きっかけなんてそんなものかもしれない。雷に打たれたように倒れたカマヤツは、この事件をきっかけになぜかセナを慕うようにまでなった。これも学校七不思議のひとつだ。


翌日、学校でカマヤツを誘い、一泊二日の鳥取への旅は決まった。反対意見もなかった。これで「青春の空白」は一旦、解消された。僕は胸をなでおろした。

授業中、まだ足を踏み入れたことのない鳥取砂丘について思いを巡らした。

何気なく校舎の窓から外を見る。近くに田んぼが広がり、その上にはぽっかりと秋空が広がっていた。秋休みに合わせて確実に高くなっていく空。その上空一万メートルは冷たい風が吹いているのだろうと思う。そして、季節の変化を告げる風。そのどこからかやってきた風は、誰に断るでもなくまたどこかにいってしまう。大気循環。大きな地球の風が巡っている。僕は大きく息を吸った。田んぼでは群生する彼岸花が地球の風に揺れていた。

5　何か都合の悪いことを隠すかのように

僕や僕の育った町について少し述べておく。僕らは地方で育った。まぎれもない、バチバチのローカル。小学校も中学も高校もほぼその地域の子はエスカレーター式にあがっていく。学校はそこしかない。言葉を選ばずに言うと、「正真正銘の過疎」だ。

「我が県は、日本海と瀬戸内海に面しています。瀬戸内海はやがては太平洋に、太平洋は世界に」と六年生時の先生、鳥居《とりい》先生は得意げに言った。鳥居先生自身がこの土地で生まれ育ったかどうかは不明だが、自分が属するものについて語る時、人はなぜか誇らしくなるようだ。誰だって自分がコミットするものを悪く言いたくないし、少しくらいは誇りたい。

僕らが育った町は「多美田町《たみたちょう》」と言い「谷」や「谷間」がなまったのが名前の由来だそうだ。迫る山間に町がある。昔は銀が取れる鉱山で有名だったそうだ。今は町のあちこちに採掘のために掘られた穴が残っており、その埋められることなくむき出しになった数々の穴がその歴史を今に伝えている。と、町の資料館の紹介文に書いてある。

鉱山といえばゴールドラッシュのような煌《きら》びやかなイメージを持たれるかもしれないが、作業中の事故や肺気腫（採掘の際の粉塵が肺に入り呼吸に損傷を及ぼす病気）、または鉱毒とも深い因縁がある。光が強ければその分影が濃くなる。これはローカルであっても、グローバルであっても。

町の外れ、山の麓《ふもと》には毒物を沈めるための沈殿池が段々畑のようにしてひっそりと佇《たたず》んでいて、そこに近寄ることは禁止されていた。大人たちは、「その池の周りで遊ばないように」、「その池の水には触れないように」と口を酸っぱくして言っていた。かといって柵があるかといえばそうではなく、無防備にその池は晒《さら》されていた。

池の周りの草が枯れる冬場には池の全貌が明らかになる。緑色の水を湛える池が風のない山の陰に静かに存在していた。漣すらたたない薄暗く静かな池はまさに「死の象徴」と言って差し障りがなかった。幼い頃の僕はこの池の醸し出す不気味な風景には「何か普通ではないもの」が凝縮されていると感じていて、大人たちが「近寄らないように」と言う前から直感的に避けていた。

多美田町という名前も美しい田と書くが、本当はこの沈殿池を隠すように名前が当てられているように感じていた。何か都合の悪いことを隠すかのように。また、逆に過去の罪を敢えて際立たせているように。

町役場の近くには多美田町出身の有名な俳優がいたらしく記念館が建てられていた。なお、この俳優自身も肺気腫だったようで、この町自体には複雑な思いがあったと思う。もう亡くなっているそうだが、テレビの取材で「ご出身は?」と聞かれた際には、あまり多美田町の名前は出さなかったらしい。この町のせいで自身が病気を引き受けることになったとすれば恨みのひとつやふたつあっても何ら不思議はない。

この俳優の話は鳥居先生に教わった。社会の授業中のことだ。とにかく社会の先生は脱線が好きだ。戦国時代のマニアックな武将のエピソードや、明治維新のころの裏話や戦争中の話など。歴史の裏面。僕がもうひとつ印象に残っている話を付け加えるとすれば、早稲田大学の創始者、大隈重信が玄洋社《げんようしゃ》のテロにあい右足が吹っ飛ばされたという話だ。そしてその足が大学の地下室にホルマリン漬けになっているという。真偽は定かではないが、そういった話は妙に記憶に残る。僕の脳内には薄暗い地下室で物静かに安置されている右足のイメージが克明に結ばれている。もちろん実際に見たわけではないけれど。僕の想像の中では、つま先を下にしてホルマリンの液体の中をゆったりと浮遊しているのだ。そしてその足の指先は茶色くなっている……。

「わーーーーー」

カマヤツが叫ぶ。それを聞いて僕らは笑う。先生はメガネの奥で不敵な笑みを浮かべる。そんなことを期待して、僕たち生徒側も先生の脱線を誘発する。先生もそれが駆け引きだと分かっている。

「ほんまにしゃあないなあ、お前らは」

と言いながら内心ノリノリなのだ。

「もうお前らのせいで時間ないやん」

と教師が言う時、僕は「自分も楽しんでたやん」と思っていた。そこには片棒を担ぐ共犯者の気持ちがあった。「こうあるべきということ」、この場合は教科書になるのだろうけど、そこを外れる時、教師も生徒も活き活きしている。指導要領を逸脱し、本当に感情をこめて話している人の話は面白い。

それはある意味で心地よい時間だと思う。先生の脱線は、不思議と色あせない。覚えた用語は忘却の彼方だが。

何にしても僕らの町は山に囲まれていた。秋から冬にかけて、極端に日照時間は短くなる。秋の日は釣瓶落とし。こんな山間の町で育つことは、後の人格形成にどんな影響があるのだろう。おそらく山に囲まれた町に暮らしていると、その内面に深遠な施策を巡らすようになるのだと思う。あたかも根が土をかき分けてその奥へ奥へと伸びていくように。これはあくまで僕個人の見解だが。

小学校時代の僕は、時々遠くに見える山々にその神秘を感じ取っていた。例えば、山の中腹にある浄水タンクが実は宇宙人の秘密基地だとか、あるいは教室の窓から見えている山は古代のピラミッドなのだとか。そうでなければ、あんなにきれいな四角錘の山が自然にできる理由を説明できない。

今の人類は実は何回目かの人類で一度文明はリセットされている。宇宙人たちは何回目かの僕たちを浄水場のタンクのある場所から監視しているに違いない。そんな妄想が頭の中に広がっていた。そしてその行き過ぎた妄想のため、僕は夜、布団の中で恐怖に苛まれることになっていた。

興味深いのは、何年か後に僕がピラミッドだと妄想していた山――名前を八幡山《はちまんやま》というらしい――に調査が入ったということだ。山の頂上付近に古代の巨石遺構が見つかったというのだ。また登山中には方位磁針が不可解な動きをするとも。嘘から出たまことではないけれど、自分以外にも同じことを思っている人がいて、本格的な調査が入ったことに胸が高鳴った。

ただし、その調査も一回だけのことで、その後八幡山が注目されることは一度もなかった。歴史の裏側に隠された不都合な真実は、妄想で幕を閉じたようだ。僕や調査に来た人たちの想像の光だけでは、物事の真相は分からなかったのかもしれない。

　そんな山育ちの僕らには、遊ぶところがなかった。だから、僕たちは、かつての小学校や中学校の校庭に集まり、終わらない話をしたりサッカーをしたりして青春の貴重な時間をすり減らしていた。そう、他の都会の学生が部活や勉強などに勤しみ将来につながる何かを生み出している間。生産と消費。僕たちは一度しかない青春の時間をそんな風にすり減らしていた。しかし今思えば、この何もない時間は、鳥居先生の無駄話くらい、いやそれ以上に記憶に残っている。ある程度の歳月が流れて、その意味が少しは分かるくらいに僕は年を重ねてきた。

　秋休みが始まる一週間前、僕とセナとカマヤツは高校の裏にある線路沿い、聳《そび》え立つ壁を背に話をしていた。目の前には川が流れていた。僕たちは流れる川を見ながら古典の問題を出し合っていた。時々、後ろの線路をローカル線が大きな音を出して通過していった。

　電車と風の音にかき消されて、お互いの声はよく聞こえなかった。多分、何らかの掛け合いをしていたのだと思う。僕も、セナも、カマヤツも笑った。話の内容に、ではなくお互いが何かを分かり合えたことが分かったからだ。

　風が吹いた。電車が通り過ぎた時の遅れてくる風ではない。遠く北から越境してきた風だ。こんな山間の町に、こんな風が届くなんて。その事実はなんだかここにいる意味を考えさせてくれた。もちろんそこから有益性や意義を見出すのは困難だし、野暮だ。僕らにとってはこの一瞬一瞬の掛け合いこそが最も大切なのだから。横を見ると、赤いレンガの壁に蔦《つた》がからんでいるのが見えた。他のクラスメイト達は秋休みをどう過ごすのだろう。

秋深し　となりは何を　する人ぞ
古文のテキストにはそう書いてあった。

6　小さいことは嫌いになる理由にはならない

車は山を越える。その時、一陣の風が吹き落ち葉が舞った。フロントガラスに当たった枯れ葉はカサカサと乾いた音を出す。時速七十二キロの鉄の塊と落ち葉が接触した音だ。下り坂で車は加速していた。薄茶色の葉は回転し車の後方へ過ぎ去っていった。分け入っても、分け入っても続く山。道路に飛び出している枝が窓ガラスの横に当たった。なんだろう、こんなことだって楽しくなる。

「リコとはどうなん?」

不意にセナが聞く。

「うん」

「いや、うんじゃなくて」

「ぼちぼち」

「そっか」

山を抜けた道に出た。植生が変わった気がする。目的地はもうすぐなのかもしれない。

「どうするん。まだカナのことあきらめてないんやろ」

「うん」

この話題になると僕の口数は極端に減った。リコとは僕が一年前の秋から付き合っている彼女だ。そしてカナは、僕が本当に好きな子だ。この話は話せば長くなる。簡潔にまとめると、僕は本命のカナのことが好きだったにも関わらず、リコと付き合っていたのだ。ことの顛末《てんまつ》は一年前、リコからの告白だった。

＊　＊　＊

僕のスマホがなり、僕は出る。「この時間に連絡があるから」とリコの友達から聞いていたのだ。外は薄暗くなっていた。僕の部屋の窓からは紫色の空が見えた。

「……もしもし」

どういう声で出れば良いのか分からずに少し声がかすれた。のどにひっかかりのようなものを感じた。ほんの少しの沈黙。僕は壁にかかる時計を目にする。針が一瞬止まったように見えてまた動き出していた。脳内の優秀な錯覚は今の気持ちとは裏腹に正常に機能しているようだ。電話の向こうには複数の気配を感じる。遠くの方でセリーヌ・ディオンが歌う『マイ・ハート・ウィル・ゴーオン』が聞こえた。おそらくリコの家には女友達が集まっていて雰囲気を盛り上げるための演出をしていたのだと思う。

「……もしもし」

リコがゆっくりと話し始めた。

「……急にごめん。アイから聞いてた？」

「うん」

アイとはリコの友達の名前だ。「この時間に電話出てね」と言っていた子だ。

「……福田君、好きな子おる？」

重要な決断は往々にして最悪を選んでしまうことがある。

「……今は、おらん」

僕は嘘をついた。


数日後に、僕はリコと付き合うことになった。電話の返事は学校の廊下でリコに直接することになっていた。

「この間は電話、ありがとう。率直に気持ちが嬉しかった」と。

そして、嘘偽りなく言葉を選んで続けた。

「僕はリコのことをよく知らない。本当こういうこと言うのは傷つけてしまうかもしれへんし、ごめんやけど……」

一気に早口で言った、と思う。リコの緊張感のようなものが僕に伝わってきた。周りの景色が、ピントがずれたようにぼんやりとしていた。多分だけれど、リコの友達は教室の中で聞き耳を立てている。

「……だけど、分かりたいとは、思ってる」

リコは小さくうなずいた。

「けど、もし僕がリコから見て、『思ってたんと違う』ってなったら、すぐに振ってくれていいから……。そこは遠慮なく」と。

消極的な返事になったと思うし、何かしらの予防線を張った返事になった。しかし、当時の僕には相手を思いやる余裕も自分の考えをうまく伝える力もなかった。結果的に僕はリコと付き合うことになった。本当の気持ちを知らない相手からすれば、いたく身勝手で残酷な話だが。

僕は、このことをその日中にたくさんの人に言ったと思う。セナやカマヤツはもちろん、なぜかバクマツにも。バクマツは、「は？　ふざけんな、死ね」と言っていた。そして、動転していたのだと思うがカナにも言った。いや、率直に言ってカナの反応を見たかったのだと思う。

「よかったやん、ふーくん。あの子めっちゃいい子やで。お似合いやん」

とカナは間髪を入れず言った。傷ついた。ふーくんとは僕のあだ名だ。小学校からのよしみでカナはそう呼んでくれていた。「ふーくん」の言い方が本当に嬉しそうで、なんなら「ふーくん」のあとの少し間を置いた「あの子めっちゃいい子」の言い方は流行りの歌でも歌っているかのようだった。僕は悲しい顔を押し殺して「ありがとう」と言った。傷ついていることを悟られたくなかったけれど、こちらとしてはカナにもうちょっと傷ついてほしかった。

カナ。本名、逢坂加奈《おうさかかな》。カナとは小学生の頃からの長い付き合いで、向こうは完全に僕のことを弟のような存在として見ていたと思う。小学校の時に、家にある消しゴムを僕にくれたり、鼻血が出たら保健室へ連れて行ってくれたり何かと世話を焼いてくれていた。

　カナを明確に意識したのは小学校四年生の時だった。初めてカナの家に行った時のことだ。学習発表会で歌う課題曲が帰りの会では決まらず、実行委員だった僕とカナの二人で決めることになったのだ。その日特に用事のなかった僕はカナの家に行くことになった。カナの家は地元では お寺が密集した地域にあり、車一台が通れるかどうか怪しいくらいの狭い道に面したところだった。金木犀の甘い香りが広がり、上を見ると秋の空が狭い路地から見えた。隣は公民館になっており、祭りの時などは賑やかにはなるのだろうがその日はひっそりとしていた。

　家に行ったとき、カナは家用の服装をしていた、と思う。上半身はキャミソールを着ていて下は短パンだった。キャミソールからは少し膨らみかかった胸がうかがえた。また短パンからは健康的な太ももが見えていた。家に案内されて二階に上がるとき、僕は半歩先を歩くカナの膝の裏の美しさに見とれてしまった。僕の脳内のカナのイメージが更新された気がして、僕はいつもと違う心臓の音を感じた。カナの普段と違う無防備な雰囲気にどう対応すればよいか分からなかったのだと思う。安直な言い方になってしまうが、おそらくそれが僕の最初の恋の感覚だったのだと思う。それ以外には表現しようがない。なぜなら、不思議とその日のことははっきりと覚えているのだから。カナの家を出た時には夜の帳《とばり》が降りてきていた。帰り道、カナはいつもここを通って学校に行っているのかと思い、同じ道を歩いている自分が嬉しかった。

　高校生になってから一度だけ僕はカナの家に行ったことがある。高校一年生の秋のことだった。その時、学級委員だった僕は、先生から学校を休んだ秋田さん（多分、風邪だったと思う）にプリントを渡すのを頼まれたからだ。秋田さんとカナは家が近所だったので、道案内としてカナが付き添ってくれた。秋田さんの家にプリントを渡した後、カナを家まで送った。金木犀の花は以前来た時ほど咲いてはいなかったが、微かな香りが四年生の時の僕を思い出させた。

「オータムのアトモスフィアを感じるね」

カナが言った。

「ルー大柴?」

僕は言った。

「藪からスティックにごめんね」

僕はカナの発言に「古いやろ」とツッコミを入れながら笑った。カナとのこういった他愛のないやりとりが僕は好きだ。僕は自転車、カナは徒歩だった。カナの家の前に着くのが惜しくて本当はゆっくりと歩きたかったけれど、その不自然さが伝わることを僕は避けた。進展していかないもどかしさは一旦脇に置いておいても、一緒にいられる時は僕にとって幸せな時間だったと思う。狭い道を前から車がやってきたので僕は前に出て一列になった。僕は前、カナは後ろ。もちろん入れ替わってもいい。ただ、こんな風にいつまでも同じ方向を向いて歩いていけたら素敵だなと心の中でささやかに思った。

秋。日没は早い。特にこの地域、山々に囲まれた町では。カナの家に着くころには、少し先の見通しが悪くなっているほどだった。家の前で別れてそこでおしまい、と落胆していた僕にカナは言った。

「お母さんが帰ってくるまでちょっと話せへん?」

カナの母は熱心なキリスト教の信者らしく、その活動に出ていて帰宅は夜になるという。カナ自身は宗教には無頓着なようだが、ごくごく稀に、たとえ話として聖書の一部を引用することがあった。僕はその背景を知っていたので特に何も思わなかったし、正直、カナの口から出るその有難い話は聞いていて心地が良かった。しかもカナはそれを関西弁でユーモアたっぷりに話す時もあった。語られる話ではなく、語る者をこそ。

カナによると家の中はさすがに散らかっているとのことで玄関で話すことになった。

「変なことしたらあかんで」

と笑いながらカナは言った。心を読まれたみたいな気持ちになって僕は下を向いた。冗談で返すくらいのユーモアをその時の僕は持ち合わせていなかった。ユーモアの残量は先ほどのルー大柴に捧げてしまい、車でいうところのエンプティマークが点灯している状態だった。

そんなに広くはない玄関に二人で座った。普段から話すときにオーバーリアクション気味なカナと時々肩が触れることがあった。その柔らかさは僕の心を掻《か》き毟《むし》った。僕たちは小学生の頃とは違う。僕は少しずつ髭だって生えてきているし、一丁前に声変わりだってしている。カナも小四の時よりも明らかに膨らんだ胸になっていたし、時々手を上にあげた時に見える白い二の腕ももう小学生のそれとは一線を画していた。美しくもしなやかに空中を躍動する腕。その腕の付け根がカナのふくよかな胸につながっているのだと僕は妄想した。時々、前のめりになって笑うカナの背中を見るとカーディガン越しにブラジャーの線がうっすらとうつっていた。冗談でもいいからその背中に触れたかった。

薄暗い玄関で僕はカナの一挙手一投足から目を離したくなかった。一方で見ていることがバレるのを恐れ、玄関に置いてある座布団に座っている猫の置物をわざとらしく見ていた。その陶器でできた猫のつるっとした表面が妙に頭に残った。

「ふーくんは、好きな子とかおらんの?」

唐突にカナが聞いてきた。

「おるよ。カナ」

「え?」

「カナのことがずっと好き」

と言えればいいが、当然そんなことは言えなかった。こちらの気持ちに気付いてほしい。でもカナはどう思っているのだろう。「好きな子がいるか」という質問をする時点でこちらのことを気にしている、のかもしれない。いや、それは単なる好奇心かもしれない。もやもやした気持ちを抱えたまま、

「……今は、おらん」

僕は嘘をついた。僕は嘘ばかりつく。

カナは笑い上戸のお笑い好きで、僕が知らない古今東西の芸人の名前をよく知っていた。そういえば小学校の時もモノマネやノリツッコミをクラスで披露してくれていた。以前家を訪れた四年生の時、そのギャップに僕はやられたわけだが。

しばらくすると、玄関の前を二つの円が楕円形に伸びて横切っていった。すっかり夜になった狭い道を車が走り去っていったのだろう。車は何台か続き、影絵のように外の木々の様子を僕たちに映してくれた。

「小学校の時に見た宮沢賢治の劇みたいやね」

「ああ、『やまなし』な」

「クラムボンがぷかぷか笑うやつ」

光に遅れてエンジンの音が聞こえる。外からは柔らかな月の光が差し込んで幻想的に見えた。

「ヨサド……」

カナが言った。

「それ……」

「作者が考えた空想の町の名前。なんかこの音の響き、好き。ありそうでなさそうな感じも」

「うん」

僕は懐かしい思いとともに月の光に照らされたカナの横顔を見た。その顔は息を飲むほど美しかった。四年生の頃の幼さを残しながらも明らかに大人の女性へと変貌していくカナ。くっきりとした二重が玄関を見つめ、少し大きめの口には僅かな微笑みがあった。僕にその微笑みの意味を読み解くことはできなかった。宮沢賢治の劇のことを懐かしく思い出して笑っているのか、この時間が愛おしくて笑っているのか。少し厚めの唇を見ていると気が気でなくなった。僕は視線を落とした。その先、僕とカナの足が並んでいる。そして玄関マットの上にはカナの細い左手の指と少し伸びた爪がある。僕はこの時まともに受け答えができていた自信はない。しかし唯一言えることは、光に照らされたカナの横顔に見とれていたということだ。夜は確実に訪れ、目の前の景色はラムネ色からアイボリーへと変わり、時間の刻一刻と変わるさまを僕たちに見せてくれた。このまま時計の針が未来に進まないことを僕は念じた。脳内の錯覚でもいい。時間をゆっくりに感じさせてほしいと。

結局、カナの母は七時過ぎに帰宅した。

「あれ、ふーくん？」

「お邪魔してます」

「お母さん、遅すぎ」

「ごめんごめん、それよりふーくんにいてもらったん？　ふーくん、遅くまでごめんね」

カナの母は申し訳なさそうに言った。僕はカナの母が持つ荷物を自然な流れで受け取り玄関の空いているスペースに一旦置いた。聖書の類だろうか、そこには有難み込みでそれ相応の重さがあった。

「あんた、結婚するならふーくんみたいな人としいや」

とカナの母は言った。当然、その後のカナの反応が気になるわけだが、それに対するカナの反応はいつものオーバーリアクションではなく、「はいはい」的な感じで流していた。そのリアクションを確認してから僕はカナの方を向いて、

「ほな、帰るわ」

と言って玄関の扉に手をかけた。扉は外の冷気でひんやりしていた。その冷たさは今の僕の気持ちと同じくらいの温度だった。

「ふーくん、ありがとう、遅くまでごめんな」

カナの声を口実に僕は振り返ってカナを見た。カナの瞳が薄暗い中、輝いて見えたのが唯一の救いに思えた。それは大げさじゃなく嵐の海で闇を切り裂く灯台くらいにキラリと光を放っていた。

カナの家から自宅までの道、すでに日はとっぷりと暮れた中、しばらく僕は余韻に浸っていたのだと思う。紺色の夜に揺られる僕。金木犀の香り。そして願わくば今日見た光景が色あせないことを願った。どんなに長い歳月が流れても。

高校二年生の秋から、僕はリコと付き合い始めた。リコ、本名、白井梨瑚《しらいりこ》。髪の毛がまっすぐで小柄な女の子だ。目は笑うと線みたいになるが決して小さくはない。リコの体のサイズにあったバランスのとれた目だった。黒目と白目のバランスが本当にリコに似合っていると僕は感じた。じっと見ていると黒目のさらに向こうに澄み渡った黒があった。それはあの日見たカナの瞳とはまた別の種類のもので、僕がじっと目を見つめると照れくさそうに目をそらすことがあった。彼女は電車で二駅のところに住んでいた。

リコとのデートは、どちらかの家（僕たちの両親は共働きでどちらも鍵っ子だった）、もしくは、多美田町の高校の裏、丘の上にある公園だった。ここを訪れる人はほぼいなかった。誰も知らない、小さな小さな忘れ去られた公園で。公園には長いローラーの滑り台があり、その始まりが山の中腹にあった。そしてその中腹には屋根が付いた小屋がぽつんと建っていた。そこは僕らのお気に入りの場所で、僕はリコとベンチに腰かけて色々な話をした。リコとは将来（といっても本当に近い未来）のことを漠然と話すのが楽しかった。僕の話を熱心に聞いてくれていたと思う。彼女も僕に色々なことを教えてくれた。行きたい国があること。実は家庭内の父母が不仲なこと。一つ下に弟がいて、弟は皮膚の病気でずっと帽子をかぶっていること。そういえば、僕は全校集会でずっと帽子をかぶっている小柄な男の子がいるのを見たことがある。行きたい国については僕も何かしら思うことを言えたとは思うが、残り二つについてはコメントを差し控えた方が良さそうな話題でもあったので、僕は慎重に言葉を選んで話をした。これはバクマツから言われたことであるが、僕は人の話を聞くことについては一定の基準以上のことはできるらしい。はっきりとした自覚はないのだが。ただ自分自身の中では、相手を不快にしないように神経を張っているつもりだ。リコが欲しい言葉をかけてやれたかどうかは分からないが。

僕の初めてのセックスの相手もリコだった。リコの部屋で借りてきたＤＶＤ（確か『エネミー・オブ・アメリカ』だったと思う）を観ている時だった。話の内容とは関係なくリコが僕に寄りかかってきた。ごく自然な流れで。外では雪がちらついていたと思う。リコの家のレースのカーテンから見える雪を見て、僕は不謹慎にもカナが今何をしているのかを考えていた。きっとこたつに入ってお笑いでも見て笑っているのかもしれない。あの玄関で見たカナの唇を僕は思い出していた。

リコの胸は小さく形の良いものだった。実は大きく見られたくて下着にパッドを入れていると告白してくれた。いつだったかクラスで僕が「胸の大きい女の子が好きだ」と言ったのを聞いたらしい。壁に耳あり。多分、その時僕はセナと胸の話で盛り上がっていたのだと思う。リコはその話をアイから聞いて以来、学校ではパッドをつけていたのだという。僕はその行動自体を愛おしく感じた。

「小さいから嫌いになった？」

「いや、なってない」

小さいことは嫌いになる理由にはならない。僕は、嘘はついていない。

リコは立って後ろから挿入されることを喜んでくれた。初めてのぎこちないセックスだったので、時間をかけてゆっくりとお互いを確かめ合った。リコが前、僕が後ろ。リコが振り向いてキスを求めてきた時、僕は目をつぶった。なぜだろう。ほんの少しのやましさも持ち込みたくないのに。リコのまっすぐできれいな髪が揺れていた。外の雪は止んでいたのかもしれない。雪が降った日はいつもより静かになる。雪は色々なことを覆い隠してくれる。

リコの家で抱き合った後、僕はそこから駅まで歩いた。冬の日の十七時はすでに暗い。リコの家から出た後、僕は自分が深海にいるような気持ちになっていた。そこから上を見上げる。空には大型のクラゲのような半月が浮かんでいた。冬の大気に調和し研ぎ澄まされた月。鋭利な刃物のようにも誰かの指の爪にも見える。そして正面からは真冬の二月の風が僕を刺した。それは僕の鼻腔で加速した。鼻の奥がツンと痛くなった。夕方になり気温が下がり水は氷へと変わる。雪の上を転ばないように駅まで歩いた。

上空に浮かぶ白い月。ゆっくりと降下する灰色の雪。地表を凍らせる氷。僕は今日リコとセックスをした。高校二年生の十二月の冬に。

リコは、

「ありがとう」

と言ってくれた。

僕は、何と答えればよいかわからず、

「こちらこそ」

と社交辞令のようなことを言った。僕が今まで言った「こちらこそ」の中で、かなり色々な意味を含む「こちらこそ」だった、と思う。

この日、僕がリコとした行為の是非は分からない。その当時の僕がどのように感じたかは四年経った今では断片的な記録しか残っていない。もしリコがこの日のことを語ってくれたとしたら、二人の記憶は合わせ貝みたいにお互いを補完しあえるだろうか。あるいは、大きさが全く違うもので、二人で一つにはならないのかもしれない。

しかし、僕はリコの家を出た後の光景については、なぜか鮮明に覚えている。カナの家を出た時の気持ちとはまた別の感情であったことも含めて。それは決して忘れることのできない記憶としてはっきりと僕に刻印された。

僕は時々、冬の凍てつく寒さの中、駅までの道で見た氷のことを思い出すことがある。それはアウレリャノ・ブエンディア大佐が生まれて初めて氷を見た日のように。彼はその氷に触れた時、こう言ったのだ。「煮えくり返っている」と。初めての経験を言葉で説明することは困難を伴う。だから僕はこの日のことを言葉よりも身体感覚と感情によって自身に刻むことにした。やがて言葉の方が表現する術を持つようになるだろうと。

リコの家の前では今でも冬になると同じように雪が降って、そして、氷が地面を凍てつかせているのだと思う。それを見ている人がいようがいまいが。長い歳月が流れても変わらず同じことが繰り返されているに違いない。それは古くからの習わしのように。

しかし、と僕はさらに思う。実際にはこの世に同じ現象なんて二度と、ないのだ。いたく残酷な話ではあるが。

＊＊＊

「リコは地元を出て短大に行くんやって。幼稚園の先生になりたいらしい」

「ふーん。将来何をするか決めててえらいよな」

「ほんまそれな」

「で、最近もリコとは、やってんの?」

「お前……」

セナが茶化す。

「アハハ」

けど、僕は少しだけ気持ちが軽くなった。後ろでガサゴソと物音がした。

「今どこ?」

カマヤツが目を覚ましたのだ。

「運転、代わろか?」

最寄りのパーキングエリアで運転を代わった。カマヤツが運転席に座り、セナが後ろに行った。

7　むしろ初めての道だからこそ

寝起きのカマヤツが話し出した。パーキングエリアを出た車はまた山の中を走る。

「小学校の頃な」

「覚えてる?」

「何?」

「ふーぼーが死にかけたやつ」

「ああー、あったなあ」

「あれ、ほんまカマヤツとセナが命の恩人」

＊＊＊

そう、彼らは僕の命の恩人でもある。小学校六年生のまだ暑さの残る頃。学校のすぐ裏に迫る山々が色づくにはもう少し時間がかかる、そんな季節だったと思う。近くの田んぼには稲刈りが終わった後の切りそろえられた稲穂が等間隔に並んでいた。あたかも指示を待つ従順な兵隊のように。僕たち三人は学校の裏山にある工場の跡地を目指し山に登った。

裏山の中腹には何十年も前に閉鎖された工場がひっそりと残されていた。工場は鉱山で採れた銀を加工する目的で建てられたのだそうだ。晴れた日にその工場跡地の方を見ると木々の間から外壁がわずかに確認できた。灰色の無機質な建物が、木々が揺れる時だけこちらを見ていた。

工場から少し離れたところは山肌が露出しており、開けた場所になっているようだった。そこには赤茶けた石が山積していた。銀を採掘した時に出る土砂や瓦礫《がれき》が運び込まれたものらしい。小学生の僕たちにとってその工場は不気味なものである一方、好奇心を掻き立てる存在でもあった。知りたいが知るのは怖い。そして知らないからこそありもしない妄想をでっちあげて僕らは勝手に怯えていた。

「あの工場、夜、明かりが点いてたで……」

「何年か前にあの工場に行った生徒がいるらしいけど、帰って来んかったらしい。警察が捜索したらしいけど、未だに見つかってへんらしい……。神隠しにあったんちゃうかって……」

「今日、工場の廃墟、行かへん?」

言い出しっぺはカマヤツだった。

澄んだ秋の水くらいきれいな十五時の空だった。その日は水曜日で学校が早く終わる。行かない理由なんてない。「工場の廃墟」。なんて魔的で素敵な言葉だろう。以前から気になっていた謎の一つが今日明かされるかもしれない。僕の胸は高鳴った。

「その言葉を待ってたわ」

校庭でリフティングしていたセナが言った。

僕ひとりなら絶対に行動に移さなかっただろうと思う。けれど「セナやカマヤツが一緒なら」と僕は思った。三人ならきっとうまくいく。

ランドセルを体育館近くの物置の中に乱雑に隠し僕らは山を登った。

山に向かう僕らを下校途中のカナや秋田さんが横目で見ていた。その顔には「男ってほんまにようわからん」と太マジックペンで書いてあった。おそらく彼女らは家に帰って、各々が好きな動画でも見るのだと思う。


僕らは山道を登っていた。しばらくすると先頭を行くカマヤツが山道を外れ草むらの中に入っていった。僕とセナはその理由を聞くこともなく追随した。背の高い草をかき分けながら。カマヤツ、セナ、僕の順番で続く。前を行く二人がかき分けた枝が時々時間差で体に当たったり、のこぎり状の葉が足に触れたりする。しかし痛みはない。

僕らは自分の肉体を信じ道なき道を行く。分け入っても、分け入っても青い山だ。

途中、色づいたサルトリイバラの赤い実が季節を強調するように目に飛び込んできた。道なき道を行く僕らに不安はひとかけらもなかった。それが初めての道であるにも関わらず。いや、むしろ初めての道だからこそ。僕らにとって進む道の正しさよりも進むこと自体が大切なのだ。ただただガムシャラに進む。

草が生えていない開けた場所に出たところでカマヤツの足が止まった。僕らも止まった。しばらく息を整えて周りをぐるりと見回す。周りは背の高い木々に囲まれていて見通しはそこまでよくない。見上げると背の高い木々のその先、高くなった空と薄い雲が見えた。さっき見た時と変わらない澄み切った青。まっすぐに引かれた一筋の雲の先、飛行機が一機、飛んでいた。一方は上空一万メートルにいて、もう一方は片田舎の山の中。その事実はそれ以上でもそれ以下でもない。その偶然に僕は何か意味を見出そうとしたが、何かを見つけることはできなかった。

カマヤツが言った。

「ここ誰かおるかもな」

カマヤツが見ている方に視線をやるとブルーシートが木々に覆いかぶさっていた。何か事件が起こった時に、中を隠すようなかなり大きなブルーシートだ。それは屋根の役割を果たしているようで、あたかもテントを張ったように高い位置から低い位置へ垂れ下がっていた。おそらく真ん中に柱のようなものがあるのだと思う。非対称な形で木の枝を中心に地面に向けて垂れ下がっていた。離れた位置から見ると壊れた傘のようだ。一部雨水が溜まっている箇所があり、そこには小さな木の葉の断片や細かな土が沈んでいた。地面にはキャンプで使う折り畳みの椅子やブリキの缶が転がっていた。明らかに人がいた気配があった。僕らは少し警戒心を強めた。今はたまたま別の場所に行ってしばらくすると帰ってくるのか、あるいは定期的にやってきているのかは分からない……。

ブルーシートの脇には何本かのビンが無造作に置いてあった。僕らは好奇心からそのビンに近づいた。

「うえ」

カマヤツが言った。ビンの中身は液体で満たされていた。そしてその中に蛇が入っているのが見えた。

「……ハブ酒?」

セナが言った。

僕もカマヤツも事態が呑み込めずに何も返答できなかった。カマヤツが他のビンに手を伸ばし中身を見た。そこに入っていたのは蛇ではなくピンクや肌色の物体だった。それは山の中には似つかわしくないものだった。

動物の内臓のようなものだと僕らは直感した。理科室の棚にあるホルマリン漬けの容器が頭をよぎった。

「何? 肉? ホルモン?」

カマヤツが言った。

「いやいやいや」

「だいぶきしょいやろ……」

ガサっと茂みから音がした。僕らに戦慄が走った。火照った体に風が当たり急激に寒気が襲ってきた。木々の隙間を縫ってたどりついた風が僕らに追い付いたのだ。

音のする方向に目をやる。しばらくの沈黙。僕ら六つの目が音のした方、そしてその周辺を前後左右に走る。唾を呑み込むのだって憚られる。遠くで学校のチャイムが鳴った気がした。今何時だ？

　しばらくするとパラパラっと上から木の葉が落ちてきたのが分かった。風が吹いて木の枝が落ちた音だと僕らは思った。

「………」

「……おい」

「カマヤツ〜」

「いや、違うやん」

「……うん」

　三人は笑った。

「……でも、誰かがこの山に来てたことだけは確かやな」

「あれ……。まさかあのビンに入ってるのって……」

　カマヤツが言った。

「行方不明になった子の……」

「おい」


　恐怖とは「得体の知れなさ」だ。悪い妄想は恐怖を肥大させる。この場所が「誰か」にとっての「何か」の場所であること、あるいはかつてそうであったことは間違いなさそうだ。しかし、今それを知るには情報が少なすぎる。勝手な妄想は、ありもしない現実を作る。幽霊の　正体見たり　枯れ尾花。

怖いと思うかどうかは、こちらに主導権がある。僕らは引き返すかどうか一瞬逡巡《しゅんじゅん》した後、進むことを選択した。セナが先頭を歩きだした。ここまで来たらせめて工場を見て帰ろう、と。

しばらく緩やかな登りが続いた。少し登ったところで木々はなくなり地面が赤茶けた色に変わった。空がはっきりと見え視界が開けた。

目的地の工場に着いたのだ。

「着いた～」

「てか、広っ」

下から見ていたら分からなかったが、工場跡地は思いのほか広かった。工場の近くには沼地があり背の高いガマのような草が生えていた。ガマの穂からは小さな花粉のようなものが出ており大気を濁らせて向こうの景色を煙《けぶ》って見せた。沼はほとんど干上がっていて、中央に水を残すだけだった。沼地の表面はホットミルクにできる膜のようにつるつるとしていた。工場の窓ガラスは一部を除きほとんどが割れて窓枠だけの状態だった。そこからはススキが顔を出していて風に揺れていた。

ガシャーン。

大きな音に僕の心臓は委縮した。セナが音のする方を見た。

カマヤツが石を窓ガラスに投げていたのだ。

セナが無言で近づき、カマヤツにちゃらんぼした。

「いらんことすな」

カマヤツはテトリスで消える大量のブロックの塊のように下にしゃがみこんだ。

ううと呻《うめ》いた後、カマヤツは、

「だって、まだ一枚残っとったもん」

と言った。カマヤツは時々カマヤツの理屈で行動する。


僕たちは工場を見まわして入口を探した。正面のガラス戸は固く閉ざされていた。中を覗き込んでみたが僕らの顔が反射しただけで何も見えなかった。入口の近くには荷物を搬入する大きなガレージがあった。おそらくトラックが五台くらいは収まるだろう。その車庫の奥に僕らは入っていった。車庫の奥には小さな扉があった。セナが手をかけてドアノブを回すとドアはカチャリと音を立てて開いた。僕らは吸い込まれるように中に入っていった。

工場の中はひんやりとしていた。当然誰もいない。というよりも閉鎖されてからかなり長い期間、誰も足を踏み入れていないことがひしひしと伝わってきた。時間から疎外された場所。大きな大きな忘れ去られた工場で。

内部は至る所が、空爆を受けたように傷んでいた。当然電気は点かない。もしこれが夜だったらと考えるとぞっとする。外からの日差しが差し込んでいたおかげで辛うじて中の様子は確認できた。薄暗い工場内を僕らは進む。工場と言うよりも洞穴と言った方がいいかもしれない。一階は事務スペースと作業場に分かれていた。うず高く積もる埃。誰も知らないところにも時間は均等に流れている。ここは長い歳月の果てに忘れられた場所だ。僕たちのように暇で好奇心を持て余した小学生男子くらいしか立ち寄ることなどない。鉱山が活況を呈した時、ここにはたくさんの人達がいたのだろう。そんなことは全くなかったかのように今この工場はひっそりとしている。時間の流れは本当に残酷だ。

秋の優しい日差しが差し込み、秋風はゆっくりと工場の内部に吹き込む。割れた窓の近くのロールカーテンがゆらゆらと揺れていた。僕ら三人は螺旋階段を上り、誘われるように工場の二階に上がった。


「わーーーーーー」

突然のことだった。カマヤツの声が工場内に反響した。その声はトンネルの中のようにこだました。その時カマヤツは先頭を歩いていたのだと思う。二階の踊り場、上がってすぐのところに大きな壁があった。

僕たちは先ほどのガラスの一件があるので、「おい、いいかげんにしろよ」と思ってカマヤツの方を見た。

僕らの視線の先にカマヤツはいた。カマヤツは壁の方を見ていた。彼の後ろ姿を縁取る形で何か赤い線のようなものが見えた。そこで初めて僕らはカマヤツが叫んだ理由を理解した。

その壁一面に、真っ赤な人の顔が描かれていたのだ。大きな目と裂けた口。その顔はこちらを見ていた。そしてその壁の右わきに、

「もうもどれないよ」

という字が書かれていた。

僕らは走り出した。声にならない声を出していたと思う。

足が「何か」を蹴飛ばしたのが分かった。固いものではない。柔らかな毛布のようなもの。あるいは、チューブのようなもの。何かは分からない。とにかく急いで外へ向かう。来た道を引き返す。登ってきた螺旋階段、三人の足音が大きく響き渡る。

とにかく外へ。非常出口の標識が目に入った。さっき来た時は気がつかなかった。先頭を走る僕がドアノブを回す。開いた。どうやら別の出口から外に出られたようだ。

目の前は先ほど見た沼地だった。

「あかん、ふーぼー、行くな!」

後ろからセナの声が聞こえた。しかし僕はセナの忠告を無視してそのまま沼に入っていった。沼を超えたところに赤茶けた石が山積みになっているのが見えた。ブイを目指す遠泳選手のようにその石を目指して僕は前に進んだ。沼地はぬかるんでいたが走れないほどではない。その時僕は一心不乱に走り続けていた。

しかし、しばらくして異変に気付く。左足が抜けない。力を入れれば入れるほど沈み込んでいく。右足に力点を移して力を込める。しかし、今度は右足も沈みだす。全く動けない。

「あかん、抜けへん」

僕はとっさに後ろを振り返って言った。遠くにセナとカマヤツが見えた。

「まじか」

セナとカマヤツが叫んだ。

僕の足は一気に膝まで沈み、僕は地面に手をつく形になった。ここから少しでも動ければいいのだが、僕の足はコンクリートで固められたように微動だにしなかった。こういう時、頭の中を様々な思考が駆け巡る。僕はなぜが町にある死の象徴、沈殿池のことを思い出していた。もしかしてこの沼全体が沈殿池で有害なものを沈めているとすれば……。先ほど慌てて駆け出した時、跳ねた泥が目に入ったような気がした。そして今、僕の視界はかすんで見えている。赤茶けた石がぼんやりと見えた。


「待っとけよ!」

セナが叫ぶ。僕はその声で二人の方を振り向いた。

「カマヤツ、後ろのでかい板とって」

カマヤツの後ろには木製の大きな板が立てかけられていた。カマヤツはセナの指示に従って、板を渡す。セナは沼に入り、一定間隔にその板を沼に置いた。カマヤツはピストン輸送でさらに板を届けた。


その間は時間にして一分は切っていたと思う。僕の手が届くところまでの桟橋が完成した。その時僕は胸のあたりまで沼に沈み込んでいたし、絶望的な気持ちに襲われていた。体中がピリピリ痺れているように感じていた。なぜだか奥歯の方もむず痒い。感覚も混乱をきたしているようだった。

セナが板の先端まで来て僕に手を差し伸べた。セナの手が僕を強く握った。板の上からなので、思うように力が入らないようだったが、両手で僕の右手を持ちそのまま引っ張り上げようとした。そこにカマヤツが到着した。セナが右手を、カマヤツが左手を引っ張った。相当に無理がある引っ張り方だったが、僕はここから出られるなら腕が抜けてもいいとさえ思った。二人が僕を引っ張る。

「うおーーーー」

セナとカマヤツの声が聞こえ、僕の上半身が板に乗る格好になった。しがみついた状態で足を動かす。バタ足ができるくらいまで足が動かせるようになった後、キュポンと音がしてようやく僕の足は沼から抜け出した。

「よっしゃ！」

「オッケ！」

「ありがとう、ほんまにありがとう」

命をあきらめかけた僕はセナとカマヤツに感謝した。

僕が沼から這い出た頃には、僕らの影は明らかに長くなっていた。

「……よう。危なかったな」

「……ファイト、一発」

カマヤツが言ったのは昔ＣＭで流れていた栄養ドリンクのキャッチコピーだ。

「……あれな、助けた後、飲んでるよな。普通、助ける時に飲むんじゃないん？」

「……いや、死にかかってるやつの立場に立ってみ。なに栄養ドリンク飲んでんねんってなるやろ。それにあれは肉体疲労時の栄養補給やから、あのタイミングでいいねん」

二人が栄養ドリンクについて一家言ある発言をしている間、僕は下半身の泥をぬぐっていた。

「……ほんまに命の恩人。……足向けて寝られへんわ」

僕は再三のお礼を言って、足の泥をこそぎ取ってセナの靴に泥をつけた。

「スキー板と一緒やから。ってお前泥つけんな！」

セナが解説しながらつっこんでくれた。要は面積が大きいものは沈みにくいのだそうだ。僕の精神もセナにいたずらできるくらいには回復していた。

「初めて理科の知識が役に立ったな」

カマヤツが言った。

「……けど、まじで危なかった。底なし沼や。ひとりで来たら死んでた。冗談抜きでありがとう」

僕は心から安堵して言った。

カマヤツが、

「まさか行方不明の子って……」

と言った。僕らはひんやりとしたものを背中に感じた。

秋はすぐに夜を連れてくる。僕らは足早に山を下ることにした。

泥だらけの僕とセナとカマヤツ、三人は山を下る。セナの白いシャツには泥や草の葉がついていた。カマヤツの大きなトレーナーにも。僕が歩く度に靴の中の泥が押されてキュッポキュッポと音がした。

「先生、この人、間抜けな音出してまーす」

セナが言った。僕らは笑った。この頃になってようやく、僕らは今日あった不思議な体験をある程度笑えるようになっていた。

下りは来る時よりも早く感じた。道に沿って帰ったので、ブルーシートの前は通らなかった。いや、あえて避けたと言った方がいい。もう僕らには何か恐ろしいことを処理する余裕は残されていなかったからだ。ふもとにある学校の校舎が見えた頃、安心感からか急にだるさが襲ってきた。前を行くカマヤツが走り出したので、続くように僕らも走った。その間、あっという間に日は暮れた。とっぷりと日が落ちた学校の物置のところで常夜灯が煌々《こうこう》と光っていた。光の下、右手の甲を見ると血がにじんでいた。おそらく葉か何かで切ったのだろう。血はサルトリイバラの赤い実のように鮮やかな赤だった。僕らには今日あったことを改めて思い返す元気はなかったので、ランドセルや荷物を持つや否や解散した。

この後、僕は家に帰ってからフルコースで怒られるのだけれど、夜、布団に入ってから様々なことを思い出していた。今日、僕らが見たものとは一体何だったのだろう、と。

ブルーシートの仮設住宅、工場にあった顔。今日のことは本当にあったことなのだろうか。途中までが本当で、途中から僕らは白昼夢を見ていたのではないか、と。そう思うほどに今日の出来事は現実離れしていた。日常の中にぽっかりと空いた落とし穴にはまったような。あの仮設住宅のあった場所を境界に僕らは虚構の世界に迷い込んだのではないだろうか。それは、もしかすると日々退屈している僕ら三人が作り出した妄想。そして、僕らは妄想と分かりながらお互いに野暮なことは言わずに虚構を貪《むさぼ》ったのかもしれない。

いや、さすがにそんなことはない。あの時、あの場所に確かに僕らは、いた。もし僕らが大人になってから今日あったことを振り返るとしたらどう思っているだろう。「答え合わせ」することがあれば、実は拍子抜けしてしまうのかもしれない。ブルーシートの仮設住宅もビンに入った蛇や内臓のようなものも、そして壁に描かれていた顔だって。誰かのいたずらを僕らは理由をつけて怖がったのかもしれない。真相は藪の中だ。

＊　＊　＊

「ほんまにあの時、怖かったよな」

カマヤツが言った。車は鳥取県に入っていた。目的地はもうすぐだ。

「あの頃って、ほんまに思いつきで何かしてやろうと日々企んでたよな」

セナは言った。

「まあ、それは今も変わらんけど」

僕は言った。

「アハハ、ほんま、それ」

セナが笑いながら言った。

「あの工場にもまた行ってみたいな。もちろん三人で」

セナが独り言みたいに言った。

「……貪欲やな。……パス」

と僕は言った。「貪欲」という発言に僕はセナへの敬意を込めた。セナはいつだって前向きなのだ。

それに対してセナは言った。

「欲って字、見てみ。『谷』のように『欠』けてるって書くやろ。俺は不足を補いたいねん」

「ウン、ソノトオリヤナ。……じゃ、遠慮しとくわ」

僕はそう言って笑った。

「欠落してるからこそ『欲』しい。何だってな。欲望には勝てへんやろ？　カナの裸想像してみ」

セナが言った。何回目かの下ネタが始まろうとしていた。

後部座席のカマヤツが窓を開けて歌い出した。

「オーナラー、オーナラー誰ですかー」

「いや、オーラリーの替え歌すな。てか屁こいたやろ」

「くっせー。お前腸えぐいな」

車内に毒ガスが充満する。僕らは大げさにせき込む。そして笑う。

欲深《よくぶか》な僕らはなんだって見たいし何だって知りたい。しかし、世の中にはその「答え」が分かったがために、がっかりしてしまうことは往々にしてある。あえて今知らなくていいこともあるし、知らないことが人生を安全に、そして快適に過ごすことだってある。知らぬが仏。

しかし、知らないが故、僕らは様々なことを妄想する。想像という光を当てその実態をつかもうと試みる。今目の前に見えているものは仮の姿だよ、と。「哲学者が『イデア』と名付けた本質は光によって作られた影からしかアプローチできない」、と倫社の教科書に書いてあった。「分かる」ことは大切だ。しかし「分からない」時、こうなのかと推し量る行為、想像の光を当てることそのものは、それなりに価値があるのかもしれない。もちろん、それは自分が安全地帯にいる時に限ったことではあるが。僕はそんな取り留めのないことをぼんやりと考えていた。鳥取砂丘まであと少しの看板が見えた。

8　誰もいない森で木が倒れたら

僕らは周りを一望できる砂丘の上に立っていた。

目の前に広がる海と空。その足元にある砂。長い歳月をかけての潤いとの決別。これも地球に刻まれた記憶。砂は潤いと、水は渇きとそれぞれがどこかで袂を分かったのだ。その境目を越えてお互いが歩み寄るには途方もない時間を待たなければならないだろう。はっきりと分断された個々の存在と僕ら。それらが今ここにある。

少し強い風が吹いた。ハーフパンツを履いていた僕の太ももに礫《つぶて》となった砂が当たる。心地よい痛みがここにいる実感を運んでくる。それは泉からこんこんと湧き出る水のように溢れ、海に流れやがて雲になって雨になって、また僕に優しい雨をもたらしてくれた。僕はこの一瞬、自分という存在を離れ、遠い空から自分を見ているような気がした。本来は見えるはずのない自身の後頭部が見え、僕たち三人が見え、砂丘が見え、海岸線が見え、遥か宇宙から僕自身を見ている錯覚に陥った。再び強い風が吹いて砂粒が僕の太ももをノックするまで、僕は今そこにはないものを見ていた。

目の前の海も雲もその潤いが潤沢であればあるほど、砂丘が砂の集合体であることを際立たせる。

足の裏の砂の感触も心地よい。これら全てが僕らの衝動を刺激している。なぜと言って僕らは山に囲まれた町で育ったのだから。こんなにも海と空が近いなんて。まるで空と海をつなぐ一本の糸が天から伸びているようだ。

セナが砂を手ですくいあげた。僕も続けて砂に手を触れる。少し温かみを感じる。

「……この砂、どこから来たんかな」

僕は疑問に思ったことを口に出した。

「海のものとも山のものとも……やなあ……」

ちょっと気障《きざ》な感じで、ため息をつくようにセナは言った。セナがこういう言い方をする時は感慨にふけっている時だ。感情の起伏をあまり表に出さないセナのセナらしい静かな感動が大気を震わせて伝わった。相当に感じ入るものがあったようだった。遠く山陰の険しい岩山を始祖とするのか、あるいは大陸の風に運ばれたものなのか、その出自は杳《よう》として知れない。思考を巡らしてはみるもののそれは遥か後方に置いてけぼりになっていた。唯一、確かなことは今目の前のある豊かな砂と僕らを結ぶ「何か」だ。それが偶然の産物であっても、僕らはその意味を考えずにはいられない。僕らが生まれた意味を考えるのと同じくらいに。

「この砂にも何者でもない時があったんやろな……」

強い風が吹く中でセナがポツリと言った。僕の中でその言葉が反響する。セナの声は風に流されて飛んでいく程の小さな声だった。ように思う。

いつだったか、倫社の教科書に「誰もいない森で木が倒れたら、その音は認知されるか」と書いてあったことが思い出された。セナのつぶやきには、それを想起させるくらいの静けさと思慮深さが含まれていた。世界中でセナのこの発言を聞いているのは、僕だけなのだろうなと思った。「何者でもない時があった」という言葉に僕もセナも何か思い当たるものがあったのだと思う。「何者でもない時があった」とは、今「何者か」であるということを内包している。僕はその変化とか可能性とかについて思いを巡らせていた。しかし、それが海のものなのか山のものなのか、その行方に対する保証など誰もしてくれない。時間は一方向にしか流れないのだから。

セナの手から零れ落ちる砂は、風の吹く方向に曲線を描き地面に帰っていく。砂が落ちる軌跡で僕は風が吹いていることを改めて認識した。目に見えない風が、砂を媒介にして僕らの前に姿を現した。零れ落ちる砂が、僕に風が吹いていることを教えてくれたのだ。全てのものは流れ落ちていく。そこに例外も特別もない。

「はーるばる、きったぜっ」

カマヤツが海に向かって大きな声で叫んだ。しかし、その直後むせて、

「……えっ……っとっとりぃ～」

と消え入りそうな声で言った。僕らは両サイドから咳込むカマヤツにちゃらんぽをお見舞いした。射出したロケットのような膝蹴りがカマヤツの太ももの柔らかい部分を直撃した。カマヤツは双方からの膝蹴りに押し上げられる形でロケットのように打ち上がった。

「ええとこやったのに」

とセナが満面の笑みで言った。その顔は僕が今まで見た中で一番セナに似合っていた。目の中に光

がはっきりと見え、風にかきあげられた髪が無造作にセナの額を露わにした。僕は、無条件にセナはなんて男前なのだろうと思った。

「すーなー」

カマヤツは奇声を上げて大の字に倒れこんだ。僕らはカマヤツの上に覆いかぶさる。カマヤツがバカ力で僕らを押しのける。僕もセナも大げさに吹き飛ぶ。カマヤツが起き上がった後にはカマヤツの形の砂の跡がついていた。

「来たなあ、鳥取」

カマヤツがくるりと仰向けになって言った。

「来た」

とセナが言った。起き上がったカマヤツが海に向かって大きな声で下ネタを言った。

「おい、やめろよ」と僕らは笑いながらカマヤツを制止する。続けて僕もセナも海に向かって下ネタを叫んだ。周りには何名かの人たちがいたけどそれが気にならないくらいに僕らは未熟だったし、その瞬間を自分たちだけのものにしたかったのだと思う。

そう今は「秋休み」なのだ。僕は、いや僕らは青春の空白を何かで埋めたくて、大げさに言うなら人生の意味みたいなものを見つけたくてやみくもに鳥取砂丘を目指した。小六の時に工場の跡地をがむしゃらに目指した時と同じように。僕は当初、車の中でどうでもいい話をするだけでも満足で、正直砂丘そのものに期待などしていなかった。しかし、目の前の砂丘は有無を言わさずに僕らを呑み込んだ。大いなる自然の前に僕らは小さく、砂丘は大きい。僕はしゃがみこんで砂に指をつっこんだ。

深いところは昨日の雨が染み込み色が濃くなっていた。暖かな湿り気を指先に感じながら僕は顔を上げて目の前の日本海を見た。

到着後、僕らは車を駐車場に停めるやいなや砂丘に向かって走り出したのだった。僕らはすぐに裸足になった。足の裏全体で砂の感触を踏みしめる。心地良い。沼のように沈み込む感じは全くない。サラサラと足元から崩れ落ちていく感覚がある一方で地面の反発をしっかりと感じる。いつかセナが教えてくれた、圧力に対して密度が高くなるダイラタンシーの話を僕は思いだした。しかしそれはすぐに僕の前を通り過ぎていった。強い力で押せば、そこには反発が生まれる。その反発をスプリングとして僕らは階段をかけ上がり、目の前の砂の丘を目指す。背後の大きなお土産売り場をしり目に前だけを見て。

「俺のだー！　この砂ー！　全部、よこせー！」

抑えきれない衝動がカマヤツを突き動かし、砂漠から連想される何かを発言させていた。一緒にいて恥ずかしい気持ちよりも今を楽しみたい気持ちが勝った僕らはカマヤツに続く。風が吹き、小さな砂粒が目に入った気がした。ごろごろした感覚が瞼の裏に残ったが不快感はなかった。

急な坂と緩やかな坂、どちらかを登れば、砂丘を一望できる丘の上に到達する。僕らは岐路にたった。しかしそこに判断の余地も一切の迷いはない。急な斜面、一択だ。少し前を見ると僕ら以外にも何名かの大学生がはしゃぎながら砂丘を登っていた。とかく若者は苦難をも楽しむ傾向にある。大学生は奇声をあげて斜面を転がりながら登っていた。一方で四十代くらいの夫婦は砂漠を行く行商人のように緩やかな坂を何か話しながら歩を進めていた。その少し後ろに紺色のコートの同い年くらいの男子が前を見据えて歩いているのが目に留まった。目の端が一瞬捉えただけだったが、なぜかそのことが記憶に残った。

坂の手前には池がありオアシスが形成されていた。足元を見ると、思ったよりも草が根を張っていて、その草と砂の織り成す色のコントラストもまた景色に調和していた。ラクダもいた。ラクダはベテランの風体で一点を見据えていた。

カマヤツはラクダに向かって

「どこから来たん?」

と聞いていたが、ラクダの立場からすると「こっちのセリフ」であるように思えた。確かに砂も海もラクダもどこからかは、やって来たのだろうとは思う。

こんもりした砂の尾根は馬の背と言うらしく、遠くから見るとフタコブラクダに見えなくもない。いかにも砂丘といった緩やかな形に僕は気が利いているなあと思った。

頭上、名もなき鳥がくるりと円を描いた気がした。

砂丘を登り切った先の景色が僕らを呑み込み言葉を失わせていた。失われた言葉を求めて僕らは思い思いの下ネタを叫んだ。下ネタを言い尽くした僕らは理由なく笑っていた。テニスの練習で心地よいラリーが続いた後くらいの爽やかさだった。

セナが砂を手に取り僕に投げた。僕は無言で砂をつかみカマヤツに投げた。

「なんでやねん」

カマヤツはセナに、セナは僕に、僕はカマヤツに。

「意味わからんわからん」と言って笑いあった後、カマヤツが僕に突撃してきた。

僕は「うわーっ」と大げさに叫びながら砂丘を日本海側に向けて転がり落ちた。白、青、白の視界が交互に見えた。

転がった先、寝転んでみた空は僕が知っているよりも広く大きく感じた。空を遮るものはなかった。不意にカナの家に続く道が思い出された。カナはこの秋休みに何をしているのだろう。もしもカナとここに来ることがあればどんなことを話すだろうと僕は妄想した。きっとどんなことだってカナとなら話ができる自信がある。今目の前にあるたった一つの砂粒をきっかけに、くだらない日常の会話とか今後の人生とか、なんだって。カナがいないことは少し僕を暗澹《あんたん》とさせたが、視線の横に広がる遠くの島や山はそれを一気に忘れさせてくれた。寝転がって見た三六〇度のパノラマ。秋の空の広さや深さが僕の心にひっかかるこぶをほぐしてくれた。

「……空に吸われし、やん」

と僕は無意識にどこかで聞いた言葉をつぶやいていた。

セナとカマヤツが砂丘を転がりながら走ってきた。急斜面で勢いがついた二人は波打ち際まで転がっていた。

「ローリングしながら移動すなよ」

二人は西部劇でガンマンが対峙する手前、転がるカサカサの植物のように回転しながらやってきて僕の近くで止まった。

「あかん、パンツに砂入った」

カマヤツがズボンを持ってパタパタしてフルちんになった。カマヤツの陰毛が日本海からの海風に揺れた。

「あかんあかん」

僕とセナで笑いながらカマヤツにタックルをした。下半身を露出したカマヤツを止めるものはなかった。今のカマヤツは無敵だ。そのまま海を割って大陸にだって進出しかねない。


波打ち際に座って僕らは荒ぶる日本海を見ていた。遥か遠く海の上、はっきりとした輪郭の雲が浮かんでいた。夏の終わりに見る陰翳《いんえい》が深く刻まれた入道雲だった。その雲の手前には、黒く埃《ほこり》のような雲が少しずつこちらに接近しているのが分かった。しかしすぐに雨が降ることはなさそうだ。

僕は自分が空や大気に敏感なのだと改めて思った。それは山間の町で育ったことが関係しているのかもしれない。山々を縫ってその隙間から見える小さな空からのメッセージを読み取るくせが生来的に備わっているのだ。

例えば、雪が降る前は雲の形や空気の匂いで分かる。凛と張りつめた空気に乾いた埃の匂いが鼻をつく。冷凍庫の匂いに近い。そこから遠くの山々を覆う灰色が近づき、とうとう手前の景色が見えなくなってくる。そして、一センチほどの大ぶりな雪の塊が空から落ちてくる。カマキリが積雪の多寡《たか》を予期して卵を産む位置を変えるのと同様に、僕らは雪がどれくらい降るかを体感として知っていた。

しばらくすると晴れ間が見えた。晴れと曇りの切り替えが砂丘に味わい深い表情を作った。目の前に広がる砂と曇り空、そして差し込む光。それらの調和が砂丘に斑模様を作っていた。

「すげーな」

「やっぱ、でかいわ」

僕らは当たり前の感想を当たり前の言葉で言った。いざ来てみると、という話は往々にしてある。

「『芋粥』の逆みたいな話や」

セナが言った。

「実際に来てみたら拍子抜けするってやつの逆ってことね」

「そう」

「逆芋粥」。今日のこの現象に僕はそう名前をつけた。

事実は想像を大股でひょいと跨ぎ、僕らに思わぬ祝福を与えてくる。僕ら三人はしばらく砂丘に座って海を見ていた。

9　学校に行く理由

海の方から強い風が吹いた。

海から目を背けた僕は近くに誰かが立っていることに気が付いた。身長はセナと同じくらいでひょろりとした印象を受ける。同い年くらいの男子だ。髪は長く顔の印象は隠されて見えなかった。紺色のコートを羽織っており、コートには粉砂糖のように砂が付いていた。紺色コートは僕らの横に並ぶ格好で海の方をじっと見据えていた。

「なんや」

少しの沈黙の後、紺色コートは言った。視線を海の方に向けたままだ。

「……いや、そっちこそ」

カマヤツが返した。

「……学校は?」

紺色コートが短い言葉で質問する。

「同じこと聞いてもいいか?」

セナが聞いた。

「……」

気詰まりした沈黙が僕たちの頭の上に垂れ込めていた。視線を少し上にやると、どこからやってきたか行方の知れない灰色の雲が広がっていた。その雲の端は沈黙の重さに耐えかねてだらしなく下に引っ張られているようだった。体育館をモップで掃除した時に出る埃の塊のように見えた。

「秋休みで学校休みやねん」

僕が沈黙に耐えかねて口火を切った。

「……秋休みってなんやねん」

紺色コートは、少し息を吸ってから質問した。「すーっ」と息を吸ってから話したことが分かった。

「？　秋休みは秋休みや」

カマヤツが答えた。

「……ここで何してんねん」

会話が平行線なことに業を煮やした紺色コートは別の質問をした。イラついているのが大気を通じてこちらにも伝わった。僕らの間に緊張が走る。そういえば、と僕は思った。先ほど砂丘の坂を登っていたやつだ。前を睨みつけて一心に登る姿を僕は目の端で捉えていたのだった。

「海見て下ネタ言ってんねん」

カマヤツは「ここで何しているのですか」の問いに嘘偽りなく答えた。紺色コートは「なんやねん、こいつ」と言った顔をした。また海からの風が吹いた。少し湿気を含む風が紺色コートの髪をかきあげる。耳がかかるくらいのやや長めの髪が風で無造作に動く。その一本一本が自由に動くさまは、高原地帯で揺れる無数のススキを彷彿《ほうふつ》とさせた。髪の毛の色は黒の中に栗色が交じり、光を捉えた髪が色を反射させていた。それは一瞬の出来事ではあったが、見ているものを釘付けにさせ時間の流れを緩やかにさせた。僕は直感的にこれが男前ということなのかと悟ったほどだった。風で露わになった紺色コートの顔は思いつめたような表情ではあったが、くっきりとした二つの大きな瞳が海を捉えていたのが確認できた。砂丘に美男子は絵になる。紺色のコートと砂丘の黄色のコントラストがよりその存在を際立つものにしていた。

「……ここが日本で一番でかい砂丘やと思ってるやろ」

自分のペースを取り戻すように紺色コートは言った。

「うん、思っている」

セナが答えた。

「猿ケ森《さるがもり》砂丘」

「……」

僕らにまた少しの沈黙が訪れる。その一拍の間を置いて紺色コートは言った。

「本当の日本一は、そっちな」

そして、誰も聞いていないのに話し始めた。

「鳥取砂丘は、『観光可能』な砂丘で、日本一な」

「へー、自分、物知りやな」

セナは知的好奇心をくすぐられたようで、即座に、

「それって何県にあるん?」

と質問した。

「青森県。陸上自衛隊の訓練所になってるから、一般人は入られへん」

「へえ」セナが感心して声をあげる。

紺色コートは、質問に答えただけなのにセナのリアクションが思いの外心地よかったのか、少しだけ表情を柔らかくして言った。セナの屈託のなさに警戒心が緩んだのだと思う。

「ま、知ってるだけで、俺も行ったことないけど」

口角が少し上がり笑ったのが分かった。白いきれいな歯が見えた。

「教えてくれてありがとう。俺らは隣の県から来たねん。車で」

セナが言った。

「へえ、……てことは大学生?」

「いや、高校三年。ここ二人が十八歳やねん」

セナはカマヤツの方を向いて手を左右に振って「ここ二人」と分かるように説明した。紺色コートとセナの会話には先ほどまでの緊迫感はなくなっていた。険悪な空気は足元の砂が吸い込んでしまったかのようだった。

「……てことは、『おない』か」

「お前も三年?」

「そう」

「お前の学校も秋休みか？」

「さっきからその『秋休み』ってなんやねん。俺は学校行ってないねん。いわゆる不登校や」

紺色コートはさらっと言ったつもりだっただろうが、どこか決まりの悪さを含む言い方だった。不登校の響きには若干の後ろめたさのようなものが込められていた。

「……学校なあ。まあ、俺も行く理由なかったら行かんけどな」

セナが言った。少しの間、音がなかった。風が吹いて砂を巻き上げた。

「……学校に行く理由って何や？」

紺色コートは一足飛びに本質的なことを質問した。まるで進路指導の面接官のような言い方だったけれど、そこに圧迫感のようなものはなかった。純粋に疑問をぶつけるような声色だった。

「そんなん決まってるやん」

セナは即答し、続けた。

僕とカマヤツはセナが何を言うのか気になっていた。こういう時のセナの発言は何か僕らに期待を持たせる。そしてその後の答えを言うまので間の取り方もまた憎いほど上手い。本人は芝居がかったような言い方を意識しているわけではないのだろうけど。聞いている方は何が飛び出すのかと集中して聞くようになる。海岸に打ち付ける波が一段と高くなり気分を盛り上げてくれた。

「友達と駄弁《だべ》りに、や」

あまりに明確な答えに紺色コートが笑った。セナの「や」のタイミングで映画の始まりみたいに波が弾け、アクセントをつけてくれた。曇り空から漏れる日光が砂丘の陰翳《いんえい》を露わにした。その空の下、紺色コートとセナ、二人の似たような背丈の影が砂にはっきりと刻まれていた。光の角度でセナの顔が一段とくっきり見えて、二人の精悍《せいかん》な顔立ちが僕の脳裏に刻まれた。

10　秋の対話　1

「俺、私立の高校に通ってるねん。いや、通ってたねん。いや、辞めてへんから通ってるでえっか」

紺色コートは続けた。そして簡単に自己紹介をしてくれた。

名前は明義秋《あきらよしあき》。中学受験をして大阪の私立高校に在学しているそうだ。僕らは中学受験というフレーズの意味するところをよく呑み込めないままに紺色コートの話を聞いていた。

「アキラって名前みたいな名字やろ。この自己紹介、百万回はやっているから、もういいかげん鬱陶《うっとう》しいねんけど。しかもアキで始まりアキで終わる。名前の中に同じ音繰り返すやつってのび太くらいやろ。学校のみんなはアキって呼んでる。まあ名前は、どうでもええわ」紺色コートもといアキは一息に続けた。のび太のくだりでカマヤツがにやけていた。

「ふーん。『アキ』な。俺はセナ。アイルトン・セナが死んだ日に生まれてん」

セナもおそらくは百万回やっているであろう毎度の自己紹介をした。しかしこういう場合の自己紹介って普通名字を言うと思うが、名前を伝えるのもまたセナらしいなあと思った。

「こっちが福田。こっちが村田宏」

セナが手で示しながら僕らを紹介した。

「なんで、俺だけ本名さらすねん」

「うそうそ、ごめんごめん。カマヤツってみんな呼んでる。ムッシュ・カマヤツっておるやろ」

「知らん」

アキは言い切った。一刀両断されたカマヤツが口を大きく開けているのをしり目にセナが聞いた。

「私立の高校ってどこ？」

「……お前らに言っても分からんやろ」

「確かに」

セナは素直に認めた。アキは少し見下し気味に言ったつもりだっただろうが、セナがあまりに素直に認めたので毒気を抜かれたように感じている様だった。少しの間、次の言葉を探していた。

「ここで何してるん？」

セナは単刀直入に聞いた。

「何にも。なんかせんくて悪いか？」

「いや、まったく」

アキの言葉には節々《ふしぶし》にトゲがあった。自分から刺しに行くのではない。どちらかと言うと相手の出方によって迎え撃つ、そんな性質のトゲだった。セナが好奇心で聞いたことをアキは不快に感じているように見えた。アキの受け答えの中に若干の攻撃性があることに僕らは気づいた。そして、その攻撃性を抑制できるほどにアキには余裕がないのだろうと僕は推測した。

「『人間は自由の刑に処せられている』、やっけ。ふーぼー」

セナが僕の方を見て言った。僕はよく分からずうなずいた。

「俺らこそほんまに何もしてへんよな、いやまじで」

セナは僕らの方を見て言った。「ほんまに」と「いやまじで」で事実を強調しているようだったし、それは自分自身の現状を正しく認識しているという確認であったようにも思えた。そして続ける。

「俺は砂丘に来るまでは、自分は何かをせなあかんって思いすぎてたんかもしれん……。せっかくの秋休みを充実させる、とかな」

と続けた。セナの視線の先には日本海の荒ぶる波があった。アキも海の方を睨みつけていた。

「けど」セナは少し息を吸い込んで話を続けた。

「……けど、ここに来て、何もしなくてもすごいものがあるって分かったわ。海とか山とか空とか砂丘とか」

一同、セナの言っていることを聞いていた。

「こいつらは何もしてないけどすごい。ただそこにあるだけやのにな。俺は……」

セナはまだ一続きに話す。

砂丘に来て一番の海風が吹いた。軽い砂が巻き上げられる。陸に向かい砂がサラサラと動いていた。

海岸に落ちていたビニールは空高く凧のように舞い上げられ、遠くから他の観光客の小さな悲鳴のような声が聞こえた。海岸の波も勢いよく砂浜にぶつかっていた。

セナの話の途中だったが、僕らは顔を伏せて目を細めた。足元の砂が振動していた。

「……俺は、……」

風がやんだ。

「あれ。何言うか忘れた」

「……」日常に戻るような沈黙の後、

「ええとこやったのに〜」

カマヤツが言った。みんな笑った。

「なんやねん、それ」

アキも「なんやねん」と言ったが、その表情は穏やかなものだった。


「私立の高校ってどんなん？」

セナが聞いた。

「一応、世間的には進学校って言われてるからみんな勉強はしてるな。けど、進学校って勉強するのが当たり前やから。勉強プラスで何か秀でてるものがあった方がええんやろな……」

「ふーん。スポーツとか音楽とか？　アキは中学から入ったんやろ？」

「そうやな。勉強以外でもなんかあれば、な。……ほんで、俺は中学受験組」

「ってことは小学校の時に受験勉強してたってことか」

「まあ。正直やらされたって感じであんまり覚えてはないけど」

僕たちは高校三年生なのに受験勉強とは何をするのかあまりピンと来ていない。アキはそれを十二歳の時に粛々《しゅくしゅく》とやっていたのかと思うと、僕は率直にアキを尊敬する気持ちになった。

「塾は好きやったけどな」

アキは付け足すように言った。

「塾が楽しい？　俺らには分からん世界や」

カマヤツが横から口をはさんだ。カマヤツはそろばんや習字を習ったことがあったが、そこで問題行動を起こして辞めさせられていた。

「アキは中学受験して良かったって思ってる？」

セナが聞いた。

「……」

アキはしばらく黙っていた。

「……まあ、分からんな。受験に受かった時はめっちゃ嬉しかったけど、その後さぼったから。学校自体もまあ嫌じゃなかったけど……。……今では立派な不登校」

「立派な」

カマヤツが繰り返した。

アキは続けた。

「一回、学校に行かへんかったら、そこから急にぷつって糸が切れたみたいになって……。今は母さんの実家の鳥取で本読んだり農家の手伝いしたりして過ごしてるって感じやわ」

「おおー、晴耕雨読。本読んで過ごすとか最高やん」

セナは心底羨ましそうに言った。嫌味な感じは全くなく爽やかで軽やかな言い方だった。うらやましがられることを想定していなかったアキは驚きと困惑を露わにした後、少し明るい表情になった。よく観察すると、アキはポーカーフェイスのように振舞ってはいるが感情が顔に出やすいタイプのようだ。

「最近、何読んだ?」

セナが好奇心から聞いた。

「……『魔の山』」

アキが答える。

「おお、トーマス・マン。ビルドゥングス・ロマン」

「読んだことある?」

「ある。確かに学校より刺激的かもしれんな」

「思想教育の虎の穴」

「アハハ。ほんまそれな。学校にもセテムブリーニみたいなやつおるよな」

セナとアキの会話のラリーは続く。僕はセテムブリーニが誰か分からないので、セナが誰を誰に例えたのか全く理解できなかった。僕とカマヤツは黙って二人の会話を聞いていた。

「お前のおススメは?」

アキがセナに尋ねた。セナを名前で呼ぶほどの関係ではないことを分かりながらも、相手との距離を測るアキの思慮深さのようなものが滲み出ていた。僕はセナがなんて答えるのか気になった。

『嵐が丘』」セナは即答する。

「名前だけ知ってる」

「一部ホラー描写みたいなんがあってな。そこが面白かったわ。物語って究極言うと『あっちの世界』に旅立つことやからな」

「……『あっちの世界』？？　『死ぬ』ってことか？　……そうか？　よう分からんけど……」

アキは本当によく分からないという顔をした。曲がりなりにも進学校で勉強のトレーニングを積んでいるアキにすら分からないのであれば、僕らに分からないのも仕方がない。僕も時々セナの言っていることがぶっ飛びすぎて話の十パーセントも分からない時があった。

「物語がなんで『あっちの世界』に行くことなん？」

アキは改めてセナに質問した。

セナはしばらく考え込んでいた。どう説明すればいいのかを模索していたのだと思う。セナの頭の中のＣＰＵがフル稼働し、その熱量を覚ますファンの音が聞こえてくるようだった。

「例えば……、全部じゃないのかもしれないけど」

とセナは断りを入れるように慎重に話し出した。

「物語って行って帰ってくる話が多いやろ。『浦島太郎』とか『ハリー・ポッター』とかさ」

「うん」

僕らはうなずいた。「今いる場所からそうではない場所への冒険」と僕は心の中で解釈した。

「非日常へ俺らが介入する。入っていくってことやけど、その逆もあって」

「……非日常からの介入者……」

アキが言った。

「そうそう」

セナが続けた。

「例えば、『E.T』とか、『ドラえもん』とか？」

僕は尋ねた。

「あー、そうそう。あいつらは非日常の側やな。その非日常が日常に入ってくるってこと。ほんで日常世界でドタバタ、まあイベントとか事件とかがあって、また非日常に帰っていくっていう」

「確かに、E.Tもドラえもんも帰っていくな。あ、でもドラえもんの最終回ってさあ……」

カマヤツが言った。

アキの顔に「今ドラえもんの最終回の話してへんやろ」といった表情が滲み、その直後アキは、

「かぐや姫とかも、そうか」

と言った。

「そうそう。『竹取物語』な。あれも面白くって」

「うん」

「あれも最後、お月さんに帰るやん」

「うん」

皆、セナの話を聞いている。キャンプで火を囲んで話を聞いているようだった。火の中心はもちろんセナ。僕らはその火に魅せられ話を聞く。

「非日常から来たやつが、また帰っていく……。あの『月』ってどういうことのメタファーやと思う?」

僕は頭の中でメタファーを暗喩と翻訳してから考え出した。設問、かぐや姫の話における月の意味することとは? 非日常の存在が日常に介入し、そこで求婚者に無理難題をだして、そして月に帰る……。学校の授業じゃないけど僕もカマヤツもアキも真剣に考えているようだった。

「……何、もしかしてかぐや姫が宇宙人で月に帰る的なこと?」

カマヤツが言った。

「あー、それよく言うやつね。じゃなくて」

「うーん」

「俺は思うんやけど……」

セナが話し出した。

「月って多分、『死の象徴』やと思うねん」

「?.?.?」

そこにいた全員が、よく分からないという顔をした。上空を飛んでいるトンビですらも、もう一度話を聞こうと僕らの上を旋回したようだった。

「月が『死の象徴』って、どういう意味?」

そこにいる全員の疑問を引き取ってアキが尋ねた。

「かぐや姫は月に帰ったってことは……」

セナはここでも間を設けた。そして言った。

「……死んだことのメタファーやねん」

「……」

セナの言い方に僕は少しだけひんやりとしたものを感じた。冷蔵庫で冷やしたスプーンを首筋にあてられるような寒気が一瞬僕を襲い、そして去っていった。その後には、再びよく分からないという疑問が空中に残った。まるで目に見えない砂の粒子のように。

「月は『あの世』のメタファー」

「……かぐや姫が死んだことを『月に帰った』と表現したってこと？」

アキが聞いた。

「うん」セナは応じて、アキの方を見て更に続ける。

「アキさあ、山上他界って分かる？」

「……いや、分からん」

僕とカマヤツは本気を出したセナを見ている気持ちになった。三人で下ネタを言うのもセナ。こんな真面目な話をするのもセナ。

「山の上に行くと、死の世界があるって考え方なんよ。死って天に召されるとか言うやろ。高いところとあの世はどこかでつながってるって昔の人は思ったのかもしれへんよな」

アキはうなずいているようだった。何か思い当たることがあるのだろう、と僕は思った。僕もなんとなくではあるが理解の先っちょくらいは掴めたと思う。不意に小六の時に登った工場の跡地のことが思い出された。山の上の誰もいない工場。確かにあの不気味さ。死に絶えた廃墟がそこにあることに僕は妙に納得をした。更にセナは続ける。

「海上他界ってのもあるで。海の果てにある別の世界。そして……」

セナが手を水平に伸ばし、手のひらで背中を押すように目の前の何もない空間を押した。

「そして……死の世界？」

カマヤツが聞いた。

「うん」

僕は、夜の日本海に自分が一人小舟に乗っているところを想像した。周りは黒一色で、どこからが海でどこからが空かの判別がつかない。近くに島があるのかさえも見えない。途方に暮れた僕は小舟から海を覗き込む。深ささえも分からない。自分の顔も映らない漆黒。その中から無数の白い手が僕に伸びる。また一段と気温が下がったように思えた。僕は想像を中断した。

「……まじで『浦島太郎』とかそうやな。海の向こうの楽園、竜宮城は天国のメタファーか……」

アキが独り言のようにつぶやいた。

「戻ってきた浦島太郎は玉手箱を開けて、老いや苦しみ。生老病死のあるこの世に戻ってきました、めでたし、めでたし、と」

「めでたくねー」

カマヤツが言った。

「縦と横。上に行くと死ぬ。果てに行っても死ぬ。どこかで『境界領域』を跨ぐと『あの世』に行く。その線を越えたところに死がある、ってこと」

セナの淡々とした言い方が却《かえ》ってその冷たさを際立たせるように聞こえた。みんなが静かになっている様子に気付きながらも、セナはそこから更に加速するように話を続けた。

「物語に限らず、俺らもどこかで境界を跨いでる。日常と非日常。普段と特別。この世とあの世。まあ、いちいち意識はせんけど。あっちに行くとき、今の自分は死んでるって俺は思うねん、きっと。肉体は同じかもしれへんけど、新しい自分に生まれ変わるってことは今までの自分を殺してるってことやから」

セナの話に皆が耳を傾けていた。さっきのトンビや上空を吹く風でさえも。

少しの間を置いて、

「物語をよく、観察してみ。物語に月が出てきたら、その後、登場人物、死ぬから」

とセナは言った。

「……へ？」

カマヤツが素っ頓狂な声を上げた。漫画で人が驚いたように黒目は小さく、白目は大きくなっていた。

「全部？」

「全部」

「死亡フラグ？」

「そう」

「うそやろ」

「うん、半分くらいほんま」

「ほな、半分はうそやんけ」

笑いながらだけど、まだみんなの頭の中にクエスチョンマークがはっきりと残っていた。しかし、先ほどのシリアスな空気はどこかに吹き飛んでいた。僕らはセナの話を分かったような分からないような心持ちで聞いていた。ただ僕は妙に納得できる点もあった。セナの言ったことの全てではないにしても、どこか心の大事なポケットにしまっておこうと思った。アキもセナの話を聞いて何かを考えているようだった。日本海側の波は落ち着き、寄せては返す日常のリズムを取り戻しているように見えた。僕の乗った小舟もそこには当然存在しない。セナは言った。

「人の想像力って突き詰めると『そこにはないもの』を表現することになるよなぁ……。俺が本を読むのはそこが面白いからやねん。ほんで、それこそが小説の存在意義やと思ってるねん」

「存在意義……」

アキがその言葉を繰り返した。セナは続ける。

「そこにはないのに、あるように、もしくはあったように錯覚する。優秀なる脳内エラー。アナログ時計の針見たら、止まって見えるように錯覚するやろ。俺らは小説が巧妙な嘘と分かりながらも、その嘘が極めて本質を言いえている時がある。だから本を読む……よな?」

「……。なんとなく分かる。物語を媒介にして本質に光を当てる」

アキは言った。

「そうそう。小説ってさあ……」

意味ありげなセナの溜めがあった。また風が強く吹いてセナの声を遮ろうとしていた。僕もカマヤツも何か大事な、あたかも神託を授かる巫女のような気持ちでセナの次の言葉を待った。本当にセナは聞かせる雰囲気を作るのが上手い。

「……小説って、アキが言ったみたいにさあ」

「言ったみたいに?」

急かすようにアキがセナの言葉を繰り返した。

「……嘘を媒介にして本物をこの世に降霊させるようなもんやと俺は思ってるねん。不思議やろ。嘘を捧げて物事の本質を得る。いや、得るというより近づいていくといった感じかな。もちろん全ての物語がそうなっているとは思わんけど……」

降霊という言葉が僕の耳に残った。歴史の資料集にあったシャーマンの写真が頭をよぎった。シャーマンが言ったことが仮に嘘であったとしても、そこには、それを信じるに値する何かがある。それだけは動かしがたい事実だ。

しかし、しかしだ。僕は読書することを降霊だなんて思ったことは一度もない。セナは一体、どういうつもりで日々読書をしているのか。とても真似できることではないけれど、僕にとっては新しい気づきだった。

「まあ、たとえはよう分からんけど、直感的に納得いく面もあるな」

しばらくの沈黙の後、アキはそう返した。僕は高名な居合切りの立ち合いを見ているような気持ちになり、セナとアキの会話の行方を見守ることにした。カマヤツも従順な柴犬のようにそこにいて二人のやりとりを聞いていた。

「アハハ、分からなくていいで」

とセナは笑った。それは侮蔑や無理解への諦めの笑いではなかった。「それはそういうものだよ」という鷹揚《おうよう》な言い方だった。おそらくアキにもそれが伝わったのだと思う。アキはまた相好を崩していた。

「分からへんって魅力的やよな。分からへんことを燃料に『それって何?』を起爆させてラリーは続く」

「無理解は続くよ、どこまでも」

「……分かることがコミュニケーションの終着駅」

「確かに確かに」

アキは笑った。ここに来て一番の笑顔をアキは見せてくれているように思った。

「ほどほどの理解と誤解が心地いいよな。大きな玉の上、平らな板を置いて、その上をビー玉が行ったり来たりしているような。その絶妙なバランス。分かると分からんの振れ幅が大きければ大きいほどおもろい」

「ほんまにそれ」

「世の中の頭の悪い連中は『自分がなぜ理解されないのか』って怒ってるで」

「別に怒らんでいいよな」

セナとアキの会話は速度を増しているようだった。

「分からへんっていいことかもしれへんなぁ……」

アキの発言を聞いて、セナが力を込めて言った。

「理解されるかされへんかのぎりぎりを攻めたいよな。世の中で評価されてるものってその比率の絶妙さ故ちゃう？　個性とか良さってある意味の『得体の知れなさ』から立ち上がるって俺は思うで」

僕もカマヤツも二人が何を言っているのか理解しようと努めた。日本語で話していることは分かるがその内容はもはや宇宙語のように聞こえた。セナはここまで自分の考えをぶつけられる絶好の壁打ち相手を見つけてやや興奮しているように見えた。アキもおそらく同じ気持ちだったと思う。ものの十分程で二人はそれぞれの思想を交し合ったのだ。二人の間に割って入るのは場違いと思い、僕とカマヤツは静かに二人のやり取りを聞いた。セコンドで打ち合いを見守るコーチのように。

しばらくして、

「……アキっておもろいな。普段からそんなこと考えてるん？」

とセナが言った。

「……普段からは考えてない。ただ考えるのは嫌いじゃない」と言った。

11　秋の対話　2

「アキが学校行かへんのって」

一拍おいてセナは短い言葉で質問をした。

「一緒に駄弁るやつがおらんからか？」

少しの間があった。

「……分からん。ていうかなんで学校に行かんようになったんかな……」

アキは本当に分からないといった風だった。

「……まあ、言いたくなかったら言わんでいいで。理由が分かることが解決することではないからな。ごめん、つっこんだこと聞いて」

セナが言った。海の向こうを見ていたアキだったが視線を砂に落としてから言った。

「……文化祭の時、急にひとりやなって思ったからかな。別に学校に話すやつもおるし一緒に遊ぶやつもおる。それは間違いない。ただ、きっかけって言うほどのことじゃないんやろうけど、なんかしっくりこんなあって……ただぼんやりした不安かなあ……」

ゆるやかな風が頬を撫でた。遠くに浮かんでいた雲はその元々の形がどのようなものであったかを思い出せないくらいに散り散りになっていた。

「……なんやろ。みんなが楽しんでるのと同じ熱量で楽しめてない自分に気が付いたっていう、そんな感じやな……」

「俺はみんなが楽しんでるのと同じ熱量で楽しまなくてもいいと思うけど。楽しみの度合いは人それぞれやから。……まあ、しっくりこんというのは分からんでもないなあ……」

セナが応じた。僕もアキの言っている「しっくりこない」というのはなんとなく分かる気がした。みんなの中にいるのに疎外感を感じる、そんな漠然とした不安だ。それは自覚すると、そこからしばらくは拭い去れないシミのように自分についてまわる。

僕はセナやカマヤツのおかげでそんな気持ちになったことは極めて少ないと思う。けれどアキが言うような気持ちに心当たりがないわけでもない。誰も疎外するつもりなんてなくても、自分から勝手に孤独を選んでしまうことは、ある。それは工場跡地の底なし沼のようにもがく程に身を沈め、そして、悲しみが静かに自身にゆっくりと染み込んできてしまうのに似ている。自分の思い描く理想と周りから見られている現実との落差。クラスの中で自分の本領を発揮できていない不完全燃焼。じめじめした内側にあって乾かない湿り気。僕はこの状態に名前があるなら教えてほしいと思っていた。

アキの言っていることと僕の思っていることで重なるところはあるだろうけど、これを言語の領域で擦り合わせるほどの表現力を僕は持ち合わせていなかった。

「もうすぐ大学入試やし、学校はもう行かんでもええかな、とも思ってる。ま、自分で勉強できるし」

アキは言った。

「俺らにはよく分からんけど……」

カマヤツが言った。

「なんで大学に行くん?」

こういう時のカマヤツはクリティカルで、本当にこちらが聞きたいことをすっと聞いてくれる。僕もセナもその答えを知りたい。「なぜ大学に行くのか」。その答えを求めて僕らは秋休みに鳥取まで来た、というのは言い過ぎだろうけど、何かそのきっかけを見出せるなら僥倖《ぎょうこう》以外の何物でもない。

しばらくの沈黙の後、アキは、

「……わからん」と言った。波の音だけが聞こえてきた。

「勉強しろって大人は言うけど、その理由を教えてもらうことって少ないよな。それっぽいことを聞くことはあるけど……」

「ああ、聞くなあ。将来の可能性のため、とか」

「抽象的すぎるんよな」

「『先生もこうなりなさい』とは明言できひんのやと思うよ。だから『幸せになりなさい』とか『人の役に立ちなさい』とか言うしかなくなるんやろね」

「どうすれば人の役に立つ人になる?」

セナが聞いた。車座になって砂丘に腰を下ろす僕らの位置からも海は見える。少し顔を上げるとそこには吸い込まれそうな秋の空があった。

「例えば分かりやすいのが医者。医者は分かりやすく人の役に立つ仕事やな。そして医者になるためには、高いレベルの学習が必要になる。そうすると勉強は必要ってことになる」

アキが答えた。

「それは分かる。でも……、なんで医者なん？　人の役に立つ仕事ってもっと他にもあるやろ」

カマヤツが聞いた。

「いや、だから、例えばって言ったやろ」

アキは少しイラついたようではあったが、冷静になるため一呼吸おいてから、

「正直、友達が目指してるから、かなあ。結局は俺らって今あるものの中からしか選んでないなあ……」

と言った。

「……友達のほとんどが東大、京大、それか医学部って言ってるわ」

アキは目の前の空間にその言葉を投げた。その言葉は行き場所を失い力の抜けた風船のようにポトリと落ち、風がそれをどこかにさらっていった。

「ふーん、それって美味いんか」

セナが茶化した。しかしその後すぐに訂正した。

「冗談やからな。いや、純粋に勉強に打ち込んでるのは尊敬する。俺らには縁のない話やけど」

アキは笑った。特に気を悪くしたというわけではなさそうだ。アキの方はセナにかなり気を許しているように思えた。

「進学校やったら勉強することは特に個性にはならん。めっちゃ勉強できる上位二十名とかは別格や

けど。みんな勉強と何かプラスで自分の個性を探してる。俺もそうやけど」

「よく個性って言うけど、それって今ある言葉では説明できひん何かやよな」

「さっきの話で言う『得体の知れなさ』か。結局、皆、存在意義が分からんのよな……。何のために生まれてきたか……。俺もそうやけどな……」

アキはそう言って少し笑った。アキ自身まとまりのないことを言ったと自覚しているようだった。その後もブツブツと小さな声で何かを言っているのが聞こえた。アキの言っていることは痛いほど分かる。僕ら地方の高校生だって、この漠然とした不安に苛《さいな》まされている。このままで自分はいいのだろうか、そして、どうすればいいのか、と。

「ある時俺は自分がからっぽやと気が付いたんや」

アキは言った。

「俺もそう」

セナが言った。

博学で運動もできてスペックの高いセナがそんなことを思っているなんて。

僕は心から驚いた。カマヤツが、

「そんなん言い出したら俺ら勉強もろくにしてないで。あれなんか急に悲しくなってきた」

カマヤツは今の状況を口にして勝手に悲しくなっていった。自分に正直なこと、これはカマヤツの美徳だ。カマヤツはその美徳故に自分の言葉で自爆していた。

カマヤツの発言を聞いてセナが、

「これは俺が思うことなんやけどさあ」

と話題を仕切りなおすように言った。

「勉強する内容ももちろん大事なんやろうけど、勉強とどう関わったかって結構大事じゃない？」

「どう関わったかって？」

僕は尋ねた。

「好きな教科ってあるやろ。例えばふーぼーやったら倫社とか」

「うんうん」

「どっかでその科目を好きになるきっかけがあったってこと」

僕らはうなずいた。

「教科書や授業時間が同じなんやとしたらさ、その関わりの中で好きになったきっかけがあったはずやろ」

「確かにそれは分かるけど、私立の高校は教科書も授業時間も公立の学校と違うで」

アキがきっぱりと言った。

「そうか、ほな比べにくいな……。けどそれやったら、授業時間分、接する機会も多いから好きになる機会もあるんちゃうん？」

「いや、そんなに単純なものじゃないやろ」

「けど、勉強との関わり方を教えてくれるのは多くの場合は先生やからな」

とカマヤツが言った。

「じゃあ、先生の教え方が上手かったら、スムーズにいけるかもしれへんよな。勉強との関わり方を教えてくれるいい先生やったら」

「確かに先生の当たり外れはあるよな。けど、それだって先生だけが悪いと俺は思わん」

「もちろん。鳥居ちゃんとかはその点、最高やった」

「それに受け取る生徒側にも問題はあるよな」

授業中、国語便覧ばかり見ていることを棚に上げて僕は言った。それを受けてセナは続ける。

「たとえばやけど、学校で『関数』習うやん。あれも、歴史と結び付けながら勉強したらええのにって俺は思うんよ」

「どういうこと?」

一同、よく分からないままにセナの言葉を待った。

セナが地面に図を描きながら説明する。

「昔、エジプトで川が氾濫した時にさ、自分の土地がどこからどこまでかわからんくなったんやって。自分の土地を測るために必要になったものが何やと思う?」

セナが聞いた。

「……メジャー!」

カマヤツが答えた。

「ほぼ、正解。測るための道具は大事。けど、その前段階。測る方法な」

「方法?」

僕は聞いた。

「そう、方法。測るためには幾何《きか》、図形の面積の出し方がいるやろ」

「……なるほど」

「ところ変わってやな」

セナは更に続ける。

「中東の方では商売がさかんやったわけやけど。そこで発達したのが……」

「……お金！」

カマヤツがまた答えた。

「おー、いいね。けど、おしい。お金の勘定に必要な……」

「計算！」

早押しクイズのようになっていた。カマヤツがリズミカルに答える。

「正解。代数な」

「それらがヨーロッパで合流したのが一六〇〇年頃や。これをデカルト座標、っていうらしいわ。関数で使うやつな。あれは図形と計算の合わせ技や」

「てことは、俺らが勉強してきた関数って何百年も前の数学ってことか」

「そやねん。だから数学の歴史の一部を俺らは追体験してるねん」

「……なるほど」

アキは興味深そうに聞いていた。僕もなるほどと思いながら聞いていた。数学って歴史なのかと自身の認識を更新することにした。

「俺が気になってるのは……」

セナが続けた。

「今、その関数が何に使われているかってことやねん」

セナは砂に書いた図形を手でなぞって消してから遠い目をして日本海の向こうに浮かぶ雲を見ていた。

アキが言った。

「確かにな。関数と日常の関わりってちょっと距離あるよな。その距離は案外近いのかもしれんけどな。これやって意味あるんかって思いながら、みんな勉強してるんじゃない？」

僕はアキの言葉に心の中で頷いていた。これ何の意味があるのか、僕は何度その言葉を自身の中で壁打ちしただろうか。

セナは、

「そうやな。……俺正直、自分が授業した方が面白くなるって思いながら授業受けてる」

と笑いながら言った。高校生が言う生意気なセリフだが、そこにはまんざらじゃない何かを僕らは感じて、

「セナ、将来学校の先生になったら」

と言った。セナは笑って返しただけだった。

目の前の曇っている空を見てアキが言った。

「……お前、面白いな。……何が面白いかをきちんと伝えるのは難しいけど、……物の見方が面白いと思うわ」

「おお、ありがとう。それやったら自覚あるわ」

セナが笑って返した。僕らもそれを自然と認めて笑っていた。セナの話は昔から面白くって僕らもつい聞き入ってしまう。

「目の前にあることをどう見るかを常に考えてる。あ、常にではないけど」

セナは冗談っぽく、でもきっぱりとした口調で言った。

「例えば……」

視線を上に移してセナは言った。

「今、目の前にある空とか……」

僕らはセナが見ている方を見た。

「日本海側ってだいたい曇りやよな」

カマヤツが言った。

「ほんまそれな」

アキも同意した。

「ロイスダールって画家がおってさ。これも一六〇〇年代の人。知ってる?」

「いや、知らん」

アキが答えた。もちろん僕もカマヤツも知らない。

「オランダかどっかの画家らしいんやけど」

「うんうん」

「その人の描いた絵って曇りが多いんよ」

「なんで？」

カマヤツが聞いた。

「……辛気臭い絵ばっかり描いてたんやな。まあ、そういうのが好きなやつがおってもいいとは思うけど」

アキが言った。

「……やと思うやん。俺も最初は曇りの絵ばかり描く根暗なやつと思ってたんやけど……」

「うん」

「実はな、ロイスダールが生きてた時代ってほんまに曇り空が多かったらしい。調べたら地球規模でその時期って小氷河時代やったらしいで」

「……まじで？　小氷河？」

「うん、マウンダー極小期《きょくしょうき》っていうらしい。その始まりの時期にあたるらしくて、世界的に寒冷化が進んでいったらしいねん。日本でも大阪湾が凍った記録があるみたいやで」

「え。日本にも影響あったんか」

皆、一様に驚いていた。セナは続けた。

「一枚の絵から読み取れることって色々あるよなあ、って思う。ここでな、面白いのはな、俺らが絵画から何かを読み取ろうとする時ってな、その絵を描いた人の気持ちとかやろ。ほら、学校でも『この絵を描いた人の気持ちを考えてみよう』って題で作文とか書かされる時があるやん。けど、もう一方で重要な視点は、客観的な事実を描いている時もあるってことな。そのどちらもの視点を持つべきやってことを俺は言いたいわけよ」

「確かに」

「なるほど」

僕たちは同意した。

「まあ、つまり、繰り返しになるけど」

セナが少し唾を飲んでから話した。セナにしてはくどい言い回しだった。しかしそれだけ強調したいのだと思う。

「何を題材にしてるかも含めて、その人が心に映したものと、見たままの光景を絵にしてるもののどちらからも見ることが大事ってことや」

「主観と客観か……」

「……まあそんな感じ」

「事実って一個やけど、一個じゃないねん」

「?.?.?.」

「あー、急に分からんくなった」

皆、笑った。セナも笑っていた。

砂丘の向こうの空が紺色になる頃、僕らの話も終焉を迎えた。僕たち三人は正直まだまだ話ができると思っていたけれど一日の終わりはそれを許してはくれない。遠く日本海の空を見ながら、僕は、これはいつか見た空の色と同じだなと思っていた。それはカナの家で見た空の色だったと思った。隙があれば僕の心にカナが侵入してくる。それは改めてだが、僕にとってカナの存在がいかに大きいかを示すものだった。自覚はその感情をより強化する。

話の終わりは唐突だった。

「お前らまじで勉強しろ。お前らみたいなやつは勉強せなあかん」

「いやや、だるいから」

「けど、お前らみたいなやつが学校におったら俺ももうちょっと学校に行ってたかもしれん」

「おい、学校に行かれへん理由を俺らがおらんことにするなよ」

セナが言った。

「ほんまやな」

アキは笑った。

僕らはそう言って別れた。

砂地に座って、海を見て、空を見て僕らは語り合った。遥か昔、人々が交易を求めて砂漠を歩き、その労を労い、冗談を言い合い、明日への希望を見出したように。僕らは今も昔も基本的な精神構造は変わらず、同じようにくだらない話を楽しむ。

砂漠は色々な人のプラットホームだ。なぜか人々は砂漠に引き付けられてやってくる。砂があって海があって、人がいる。それだけで話が盛り上がる。人々を魅了する力がその場には確かにあった。

12　真相は藪の中

僕らが宿泊地に選んだのは、砂丘から車で十分ほど行った池の近くの駐車場だった。僕らは砂丘近くの銭湯で汗を流した後、夕食をファミレスで済ませ車中泊をすることにした。初めての遠出、しかも初めての車中泊に僕らの心は躍った。セナが運転席、助手席に僕、後部座席にカマヤツ、いつものフォーメーションだ。

「……色んなやつがおるな」

カマヤツが言った。

僕らにとって今日出会ったアキの存在は大きかった。何のお導きかは分からないが、アキが及ぼした影響の大きさを僕らは考えた。それは僕らの今までとこれからを分断するターニングポイントになった。

「進化とは分断やよな……」

セナが言った。

「どういうこと？」

カマヤツが聞いた。

「進化してしまったら、もう戻れないってこと」

セナは続ける。

「アメリカのリオグランデ。リオって川ね。river《リバー》。グランデはgrand《グランド》、でかいってこと。その川を挟んで南北で生息する蝶の種類が違う」

僕らはしばらくセナの話を聞いていた。セナがよく分からないことを言う時は、心配しなくてもまた分かりやすくまとめてくれるのを僕らはよく知っている。

「……ってくらい、今日の出会いはでかい。アキに会って、俺、色々考えさせられたわ」

「確かに」

僕は首肯した。今日を境に昨日までの自分にはもう戻れない。僕らはそれを前向きな表現で「成長」と呼ぶ。そして長い歳月の果てに世代を超えて戻れない状態に達する。進化の本来の定義とは、「世代を超えて」という条件付きだが、昨日と今日を分かつものがあり、もう戻れないのだとすれば僕らは今日、進化したのだと思う。鳥取砂丘に来るまでの自分にはもう戻れない。セナが言おうとしていることを僕は自分でも解釈を加え腑に落とす形にした。

「俺は秋休みが終わったら何をすればいいか、なんとなく分かった気がする」

セナは自分の言葉を確かめるように言った。

何回目のかのくだらないやり取りとエロ話の後で、僕は切り出した。

多分時刻は二十三時をまわっていたと思う。

「まじめな話さ」

夜が更けて湿気があたりを満たして気温が下がった頃だったと思う。特にそのタイミングを図っていたわけではない。何かが僕の背中を自然と押したのだと思う。

「何?」

「秋休みが終わったらリコに本当のことを言おうと思う」

「……好きにしたらえんちゃう」

とセナは言った。僕がなぜその決意をしたのか、そんな野暮なことをセナは敢えて掘り下げないし推測でいい加減なことも言わない。

「問題はいつ言うかと、どう言うか……」

僕は自分に問うように言った。

「いつでもえんちゃう」

セナは窓の外を見ようとして、反射する自分の顔に一瞬合わさった焦点をずらすように言った。

「他人事やなー」

僕は言った。

「アハハ。他人事やよ。まあ、焦らず言えるタイミングを見計らったら」

セナは笑っていた。

「……うん。傷つけることは間違いない」

「そらそうや。けど、ほんまは自分が悪者になりたくないだけやろ」

セナにしては真面目な顔をしていた。図星だった。僕はセナを直視できなかった。

「……」

僕が一番目を背けたかったこと。それはセナが一番よく分かっていた。

「どうするかは、ふーぼーが決めたらいいよ。それがきっと正解やから。大きな手術になって、血が流れることになっても」

セナは言った。

「……分かった」

僕も言った。「血」という言葉に鼻の奥から鉄の匂いがした気がした。

「ふーぼーのあかんところは人から良いように思われようとし過ぎるところやな。『いい自分』でいることを『捨てる』、やで」

「そうやな……」

全くその通りだ。僕はいつも人を傷つけたくないという顔をして、本当は相手を一番深く抉《えぐ》るように傷をつけているのかもしれない。

「成長って『失う』ことやからな」

「……？　……逆やろ。『得る』ことが成長やろ」

「いや、成長って自己否定やから。今の自分を否定して『亡くしていく』ねん。日々、俺らの細胞が生まれ変わっていくのと同じや」

「……まあ、言っていることは分かる」

「何か重大なことをする時は痛みを伴うよ。まあ、そのおかげで覚えてられるんやけどな」

「……勉強は痛みの割に覚えてないけどな」

「勉強は痛くないやろ。だるいだけや」

確かに、と僕は思った。答えが分からなくても痛みはない。ただその時間が悶々と続くだけだ。

「俺らが勉強で痛いって感じるのは、誰かと比べられた時とか、な」

「そうやな」

「比べてもいいけど、人と比べんでもいいよ。比べるんやったら過去の自分と比べたらいいって、俺いつも思うわ。前までの自分と比べて、できるようになってるかを見ればいい。人と比べて分かるのは自分の立ち位置やから。立ち位置はあくまでも立ち位置でしかないで」

「けど、その立ち位置に一喜したり、一憂してしまうんやけどな」

「……まあ、それはほんまあるわな」

「悩ましいな」

「自分のことやからな。自分のことを他人が見てるように見れたらええよな」

「それ、めっちゃむずない？」

「むずい。そんなにメタに見られへん」

「メタ？」

「メタ認知。俯瞰で見る。自分を他人が見るみたいに見ること」

「なるほど」

「自分のことを客観的に見れたら、そこから分析が始まるんやけどな。普通は感情が邪魔して自分を冷静に見られへん」

「……分かるわ。なんか悪口言われたみたいに思うもん」

「けど、それを言ってくれる人は結構貴重やで。だいたいの場合、他人が見る自分も本当の自分や。『人を以て鏡と為せば、以て得失を明らかにすべし』ってね」

「……それ漢文？」

「貞観政要《じょうがんせいよう》」

「ほえー、知らん知らん」

「中国の太宗《たいそう》、李世民《りせいみん》の言行録。人は自分を映す鏡」

池の方から湿気を含んだ風が頬を撫でた。

「自分と他人との間のギャップに苦しむわ」

「そうやな。本当はこうありたいのにって」

「そうそう。悩みって理想と現実の間に横たわる溝やで」

「おー、なんかセナええこと言うやん」

「そやろ」

僕らは笑った。車のフロントガラスに二人の笑顔が映った。お互い笑っているのを確認できた。

「……ほんで、カナには告白するんか？」

セナがニヤリと笑って聞いた。

「そこまで考えられてへん……。けど……、ひとつずつ、そうやな、正しいことをやっていきたい……」

「むずいな」

「むずい。俺も分からん」

「……」

「……」

しばらくするとセナは何も答えなくなった。おそらく、なんらかの形で一つの結論に達したことを確認したセナは、突発的な眠りの世界に誘われたのだろう。僕もそのタイミングで目をつむった。


目を覚ました時、僕は暗闇の中にいた。車の中は思いの外冷え込んでいた。僕たちは各自が家から寝袋を持ってきており、そのファスナーを開いて掛け布団の代わりにしていた。車の椅子の窪みが体に馴染んでいなかったのか肩と首が固くなっているのを感じた。

僕を眠りから連れ戻したのはコツコツと窓を叩く音だった。規則的な律動が微睡《まどろみ》の中から聞こえてきた。僕は車の窓に目をやった。風に煽られた木々が窓に当たっていた。外は強い風が吹いているようだった。砂丘では風が砂を巻き上げられているのかもしれないと僕は想像した。真っ暗な砂丘に強い風が吹く。誰もいない夜の海。ここからは聞こえるはずがないのに、波の音が僕の鼓膜を震わせていた。時刻は午前三時を指していた。窓を見ると自分の顔が映っている。自分の目の黒の中に吸い込まれていきそうな気がする。二人の寝息が聞こえる。僕はドアを開けて一人外に出た。「バムッ」という音がして車のドアは閉まった。

思ったよりも大きな音が駐車場に響いた。水滴が車についていて池の湿気がもったりと僕にのしかかった。

先ほどまで僕は夢を見ていた。それは小学校六年生の時の工場の夢だ。にわかにあの赤い顔が頭をよぎり僕は戦慄した。鼻の奥に冷たい空気が入ってきた。秋の終わりを告げる風だ、と思った。今思えばあの壁の顔はいつ誰が描いたのだろう。一人で描いたのか、また複数で描いたのか。そこにいたる経緯を巡らしてみたが、覚醒していない頭では何も答えは見いだせなかった。

「もうもどれないよ」とは？

バムッという音がした。

音のする方を振り返る。セナが立っていた。

「変な夢見た」

「どんな？」

「六年の頃の工場の」

「……まじか」

冷たい風を感じた。

「けど、あれほんまびびったな」

「……工場の顔な」

本当にあれはなんだったのだろう。

「あの顔、今でも頭にこびりついてて、思い出すねん、あの真っ黒な目」

「え？　赤やろ？」

「何言ってんねん。目のところが窪んでて真っ黒やったやん」

「……ちょっと待って。え、嘘言ってる？」

「言ってない。ふーぼーこそ嘘つくなよ」

一段気温が下がったように感じた。


「いや、まじで意味わからん……」

僕は言った。セナにしても若干動揺していたように思う。

セナが見た壁の顔は、まず目のあるべき場所に目はなく黒く落ち込んでいたという。輪郭も細面《ほそおもて》の顔で大きな口がぽっかりと空いていたのだそうだ。

二人の証言の食い違いをどう説明すればよいのか。カマヤツにはどう見えていたのだろうか。彼があの壁の顔の第一発見者だ。

「……『藪の中』みたいな話やん」

とセナは言った。

そういえば、僕らはあの日見た壁の顔について口に出していなかった。もう六年も前のことになる。

今頃になってお互いが見たものがここまで違っているのだなんて。こんなことってあるのだろうか。

「そんなことある？」

僕は思わずセナに聞いた。セナは努めて冷静に話し出した。

「……脳内エラー……。人間の記憶って曖昧やし、都合よく改竄《かいざん》されるからな……」

少しの沈黙の後、セナは続けた。

「工場の入口近くにチューリップあったん気が付いてた？」

「いや、全然」

僕は全く見た覚えがない。

「こんなところにチューリップあるのは変やなとは思ったんよ。似つかわしくないというか、不自然というか」

「どういうこと？」

「誰かがあの工場に来て手入れしてるんじゃないかってこと」

またしばらくの沈黙。

夜の闇に目の前の池の水が揺れているのが分かった。まるで深淵に手招きをしているように。

「……こんな話、知ってる？」

「何」

「……聞いた話やで」

セナは一言断ってから続けた。

「祖父から虐待を受けてた子の話。今はもう大人になってるらしいんやけど。その人が小学校三年生くらいの時の話な。ちなみにこれ、親父から聞いた話やで。その子の祖父がアルコール依存症で。家で暴れるんやって。で、母親が勤め先から帰ってくるまでは祖父と二人きりなわけ。確かシングルマザーやったかな。ほんで祖父が怖くていつも押入れの中に隠れてたらしいわ。押入れには昔、使ってたクレヨンがあって、母親が帰ってくるまで押入れの壁に落書きして過ごしてたんやって。ある時、祖父がひどく暴れた時があったらしくて、壁にメッセージを書いたらしいわ」

「どんなメッセージ？」

「助けて、お母さんって」

「うんうん」

「ほんで、大きくなって祖父も亡くなって、自分が大学に行くからその家を出て一人暮らしをすることになって」

「うんうん」

「そこからは実家に帰ることはほとんどなかったらしいんやけど、その子の、まあ、その人の母親が認知症になったらしくて、実家を売ることになったんやって。実家の見納めのタイミングで、なんとなくその実家の押入れを開けたらしいわ」

「ほんなら」

「その壁にはこう書いてあったんよ。タスケテ、オジイチャン」

……。木々が揺れている。

「どういうこと？」

「家で暴力を振るってたんは、実は母親やったってこと」

「え」

「わーーーーーー」

僕とセナは飛び上がった。声の主はカマヤツだった。どうやら目が覚めて後ろで話を聞いていたようだ。

刹那、セナのちゃらんぽ二発がカマヤツに放たれた。

「むぐう」

という声でカマヤツは倒れた。

「お前、しばく」

「いや、もうしばいたやろ」

三人で池を見ながら話をした。

「ほんまに怖いのは……人間の認識やな。その子はどこかで母親を悪者にしたくなかったんやと思う。記憶をでっちあげてまで。ある意味で母親を守るために、かな」

「……なるほど」

僕もカマヤツも妙に納得した。

「なんやろな、名探偵的に言うなら『真実はいつも一つ』と言えるんやけど……」

「『真実』は人の数だけあるってこと?」

カマヤツが聞いた。

「本当は一つやけど、それぞれが認識してる世界はそれぞれズレてると思うねん……。最近読んだ本にこんなこと書いてあったわ。『存在の階梯《かいてい》』っていうのがあって……」

セナにしては説明するのに苦労している様子だった。

「存在のカイテイ?」

カマヤツが繰り返した。

「そうそう、階梯っていうのは、梯子《はしご》のことで、それぞれで見ている世界が違うってこと」

「例えば、セナと僕が見てる世界が違うみたいに?」

僕は聞いた。

「そう、ゴキブリにはゴキブリの、犬には犬の、人には人の世界がある」

「俺は今見てるのが、夢やとも思うことがあるで」

「あ〜、その感覚分かる」

カマヤツの発言に僕らは共感した。

「そうそう、ほんで、カマヤツ覚えてる? 小六の時工場の廃墟に行ったこと?」

「覚えてる覚えてる。ふーぼーが底なし沼にはまったやつな」

カマヤツがニヤリとしてこっちを見た。

「あの時、カマヤツは工場で何を見たん？」

「小さい子供」

「え」

僕とセナは言葉を失った。

「……まじ、怖いからやめろって」


「それにしても冷えるな」

僕らは駐車場にある自動販売機でホットの飲み物を買うことにした。暗い池のそばにポツンと立つ自動販売機はさながら砂漠のオアシスのように思えた。自販機の近くには街灯があり、光に照らされた植物の緑がやけに鮮やかに見えていた。鳥取砂丘の方を見ると満月に照らされて遠くで大きな雲のシルエットがはっきりと見えた。

「見えてる世界が違うから、同じような景色もみんなで見たらいろんな角度から光が当たって面白いよな」

セナが言った。

「いや、怖いやろ」

カマヤツが笑いながら言った。

「見えてる世界は違うけど、共有できるものがあるのはいいよな」

「確かに」

僕は言った。

「その幅の広さが自分を広げてくれてる気がする」

池の方から湿気を含む風が吹いた。

話題は再度リコの話になった。

「ふーぼーがリコにやったこと、俺は否定はせんで。まあ、最低やと思う人が九九パーセントやと思うけど」

僕はその通りだと思って率直に落ち込んだ。落ち込むことくらいは許されるはずだ。

「そう思っている人が大半でも俺らはふーぼーの側に立っているから、ふーぼーの気持ちも分からないわけではないんや」

「うん、なんかありがとう」

セナは言った。

「こんな偉そうに言ってるけど、間違うことの方が圧倒的に多くないか？」

「けど、自分のことを正解やと思いたい」

「傷つけたいと思ってる人なんてほんまにわずかやで。みんな知らずに人を傷つけている」

「だから、めっちゃむかついた相手を許す練習とかいるよな」

「そんな授業、学校でやったらどう？」

「まず、むかついたりむかつかせたりせなあかんやん。めっちゃ嫌や」

僕らは笑った。セナは続ける。

「大事なんはその人の行動や主張じゃないで。理由やろ。それを推し量れる人になりたい。自分の価値観だけで人を決めつけるんじゃなくて」

セナは力強く言った。そして続けた。

「そのためには自分にない価値観を取り入れたい。人に合わせて透明になりたいんじゃない。自分の色を見つけるためにいろんな色を見たい」

僕らはセナの話を聞いていた。いつだったかセナが立膝の話をした時のことを僕は思い出していた。セナは自分が話し過ぎたと感じたのだろう。急に問題を出してきた。

「この間、英語の問題集に『colorful lives』ってあったんよ。『カラフルライブズ』、どう訳す?」

「……色々生活!」

カマヤツが答えた。

「色とりどりの人生?」

僕が答えた。

「二人ともおしい～。正解は、『山あり谷あり』の人生や」

「いや、おしくないやろ」

僕もカマヤツもツッコんだ。

「だいたい、色々生活ってなんやねん。野菜生活?」

「そういえば、一昨日野菜生活１００を二本飲んだわ。そやから野菜生活２００」

カマヤツが誇らしく言った。路肩に乗り上げた話を戻すようにセナが続けた。

「カラフルには波乱に富んだって意味もあるらしいねん。山があるから谷が深くなるって、これは俺の解釈やけど。深い谷に刻まれたものが自分を作ってくれる、って思うわ。ふーぼーが言うように色とりどりの輝く人生には山も谷も必要なんやろな。いい時もあれば、悪い時もあるんやと思う。良し悪しの中を生きていくしかない。ライフゴーズ、オンや。野菜、大事やしな」

セナは最後、カマヤツの方を向いてまとめた。

「……ええこと言うやん」

僕は茶化し気味に言った。でも本気だった。僕はこっそりとこの言葉を心に刻もうと思った。だって、セナは本当に「ええこと」を言っていたのだから。良いことも悪いことも清濁併せ飲んで、それを軽く話せるようになれたらいいな、と僕は思った。そこに達することができれば、進化とまではいかなくとも、僕にとってのささやかな前進、そう、それは成長だと言えそうだから。


「俺は将来、車に関係する仕事に就こうかな」

カマヤツが唐突に言った。ぼそっと言った割には僕には力強く聞こえた。まるで政治家の所信表明演説のように、その声は跳ね返るはずのない壁に跳ね返って僕の頭の中でこだましていた。

「ええやん」

僕もセナもカマヤツの発言を歓迎した。僕はなんだったら心の中で拍手をしていたと思う。

「俺は帰ったらとりあえず勉強しよかな」

カマヤツに続けてセナが唐突に言った。

「そやな」

僕も自然とセナに同調した。

「なんでそう思ったん」

「わからん」

「アキの影響？」

「それは……わからん」

セナは笑いながら言ったが、『アキの影響なのは間違いない』と顔に書いてあった。自販機の光がセナの顔に当たり茶色の髪と茶色の瞳を照らしていた。セナってこんなにも茶髪が多かったのかと僕は長年の付き合いの中で初めての感想を抱いた。

「けど、いろいろ見てみたいと思った」


砂丘は僕らの想定を遥かに超えて大きかった。そしてその前に広がる海はもっと大きかった。そして、僕らは小さい。砂粒ほどでないにしても地球のスケールからすると僕らと砂はほとんど変わらない。僕らは十七年ないしは十八年の月日を刻んできた。しかし、いまだ何者でもない。けれど、僕らは個々に違った認識の方法で世界を見てそこから意味を見つけたり、その意味を誰かに伝えたりすることができる。ここで誓ったことが時の風化に朽ちていかないことを僕は強く願っていた。たとえ砂に書いた文字が波にさらわれてしまったとしても。

朝、鳥取を発つ時、朝日に照らされた鳥取砂丘を見た。それは昨日とは違う姿を僕たちに見せてくれていた。朝日に照らされた砂丘の影が長く伸び、表面のでこぼこをより際立つものにしていた。登っている時は気が付かなかったが砂丘にはこんなにも山や谷があるのかと僕は思った。きっとそこにいる時は気が付かないことが世の中には沢山ある。のだと思う。そう思うと無性に泣きたい気持ちになった。その理由は全く分からないのだけれど、僕は率直にそう思った。

昨日、砂丘を歩いた三人の足跡は風で消えていったのだと思う。そこに加わったアキの足跡も。僕らは偶然出会いそして別れた。もう一度会おうという約束を誰も言わなかったけれど、けれどそこにいた全員がもう一度会いたいと思ったことは確かだと思う。

消えた足跡。これから僕たちは、僕は、自分たちが歩いていった足跡を残していけるのだろうか。この先、僕らを照らしてくれる光があるのか、またはその光を曇らすものがあるのか想像することしかできないけれど。

「砂漠が美しいのは、どこかに井戸を隠しているからだよ」

帰りの車の中、何気なくめくった国語便覧。『星の王子さま』の一文が目に留まった。帰りの車はセナが運転していた。カマヤツは後ろで寝ていた。僕らは何も保証しない砂の星から何かを持ち帰ることができたのだろうか。僕は自問自答した。

「残るんじゃなくて、残すもの」

とセナが聞こえるかどうか分からないくらい小さな声で言った。僕はセナに分からないように笑った。

秋の思い出。

こうして僕らの「空白の期間」は終わった。他の人が聞いたら、鳥取砂丘に行って不登校のやつに会って帰ってくるだけの話だと言うかもしれない。話した内容は他愛ないことだ。しかし、この取るに足らない出来事だって地球に刻まれた歴史のひとつだ。帰りの車中、前方から差し込む光に目を細めながら、僕は来た時とは反対方向に流れる川を見ていた。昨日の茶色い濁りは薄くなり、再び秋の磨かれた水が流れ出している。流れる秋の水。その研ぎ澄まされた刀にも似た川を見て、僕はこの秋休みにあったことを僕と僕の身体に深く刻んだ。

13　光あるうち光の中を歩め

秋休みが終わって学校が再開された。空白の期間を経てまたいつもの時間が流れ始めていた。不思議なことだが、クラスの皆、秋休みの前と後で変化があった。ように僕には見えた。

顕著だったのはバクマツが勉強していたことだ。バクマツだけじゃない。皆、何か意思を宿した目をしているように僕には見えた。

廊下を歩いているとリコが近くに来た。僕の胸がチクリと傷んだ。

「リコ、今日、時間ある?」

僕は鳥取での誓いを断行すべく努めて平静な声でリコに話しかけた。

「あるよ。はい!」

リコが僕に小さなノートを渡してくれた。僕のために英単語をまとめてくれていたのだ。

「福田君用やで」

「……ありがとう」

「ほら、勉強って人に教えたらいいいって言うし。自分のためにも福田君のためにもなって一石二鳥やで」

ノートには「福」と書いてあり横にカタカナで「ハッピー」と書いてあった。リコ曰《いわ》く教材の「副本」としての意味もあるらしい。本当にありがたい。そして、その優しさがつらい。もっと心の底から喜んでくれる人のためにその優しさを使ってほしいと僕は心の底から願った。リコはすべて分かっていたのかもしれない。終わりの予感を。だからこそ、優しくしてくれているのかもしれないと僕はノートを受け取りながら思った。

「『光あるうち、光の中を歩め』」

リコが笑顔で視線をそらさず言ったことに僕は驚いた。誰かの言葉なのだろう、読み上げるように言った一文には確実にリコの意思が乗っていた。まるで、誰かの歌をカバーする歌手のようにリコなりの言い方で言ったのが面白くて、僕は自然と笑顔で返していた。リコの醸し出すまっすぐな優しさが僕を包めば包むほど僕の決意は鈍くなってくる。必死に抗うように僕は、

「……それ、何?」と短く聞いた。

「トルストイって人の本の題名、らしい」

リコは屈託なく誰かに遠慮するみたいに答えた。

「へえ、リコってトルストイ読むん?」

「ううん。読まない。福田君らさ、よく麻殖生君らと問題出しあってるやん。その真似」

リコはにっこりと笑って続けた。

「この題名さ、なんか良くない?」

「うん」

僕も笑顔で答えていた。リコが前向きであればあるほど僕の決意は鈍る。リコは僕のこれから告げることを先回りして傷つかないようにしているのかと穿った見方をしてしまった。僕の笑顔を確認したリコは、くるりと一周回ってから、

「春は遠いね。受験終わったらどこ行く?」と言った。

その笑顔が眩しくて僕は涙がこぼれそうになった。リコは、「どこ行く?」に対する僕の答えを待たないまま踵《きびす》を返し、廊下をまっすぐに進んだ。そして、教室の前にいるアイのところまで駆けていった。

僕は自分から「時間ある?」と聞いておきながら、その日リコに話せないままになってしまった。その後も僕は、勉強を理由にリコにお別れの話を切り出せないまま時間だけが過ぎていった。

十二月になった。セナもカマヤツも変わった。僕らは学校の図書館で勉強をして帰るようになった。ある時、図書館から出たバクマツが思いつめた顔で僕らに話しかけてきた。

「お前らはなんで勉強する?」

突然の質問に僕らは困惑した。バクマツの目は充血していた。焦りの色をここまで出す人も珍しい。おそらく受験勉強でずいぶんとキていたのだろう。目の下にはクマがはっきりと刻印されていた。

セナが小声で、

「くま、出没注意」

と言った。その声は多分聞こえなかったのだと思う。バクマツは続けた。

「……モルの計算とかデカメロンとか、こんなことやって意味あると思うか?」

「デカメロン?」

カマヤツがデカメロンに反応した。一同、何も答えなかった。吹奏楽部のトロンボーンの音がけたたましく鳴った。

セナは何か言いたいことがあったようだけど、あえて「言わないよ」といった顔をしていた。ププフォー、とトロンボーンの音が後ろから聞こえる。

しばらくの間を置いて、僕は答えた。

「……意味があるかどうかは正直わからへん……」

「そやろ。じゃあ、なんでお前らは勉強する? この田舎から出たいからか?」

「……そこまで明確には考えてへん」

僕は今の気持ちを率直に伝えた。そして続けた。

「……確かにデカメロン覚えても意味はないかもしれへん。将来、デカメロンの研究するわけじゃないし。……けど、意味は与えられるもんじゃないと思う。今は、全然わからんけど」

一気に話したので、呼吸がつまった。耳も熱い。僕は続ける。鳥取砂丘でのセナとアキのラリーが脳内で自動再生されていた。

「だから……」

僕は一呼吸置いた。

「だから、意味を自分で見つけてみよう、って思う。色んなものを見てそこから考えられたらええかなって、……多分。人それぞれ見えてるものが違うやろうから。色んなものの見方をするきっかけが勉強なんかなって、思う。」

まとまらない言葉だったが、僕にしては自分の考えを話せた方だとは思う。セナの壁打ちのおかげかなと僕はひそかに感謝した。バクマツの目が何かを納得した目に変わった。ように思えた。

「……なるほどな」

そのタイミングで何かひとつの結論に達したかのように、吹奏楽部のシンバルの音が響いた。それは力強い振動となり僕を揺らした。


「鴨川の流れは……忘れた」

「方丈記」

僕の出した問題にセナが答えた。そして
「えー、この文章のテーマは……無常観」と、付け足した。

「……こぼれたミルクは……もとにもどらん……的なことよな、よな？」

僕はセナに聞いてみた。セナが文章のテーマについて発言する珍しい場面に遭遇したからだ。

「ん、ん〜。まあ……多分やけど、間違えてるな……」

セナは苦笑いした。僕は少し赤くなった。遠くの山々は白く霞み始めていた。大ぶりな雪が山々に被さっているのだと僕は思った。

「……さっき、良かったな。ちょっと感動したわ」

セナは何の前触れもなく僕に感想を伝えた。セナの言う「さっき」とは、バクマツに僕が自分の考えを伝えた時のことだったとすぐに分かった。僕は恥ずかしかったけれど、突っ込んで聞いてみたくて、

「何が？」とわざとらしさが出ないことに注意を払いながら聞いた。

「『勉強する意味』な。確かに意味って誰かが与えてくれてばっかりやよな。『これをやったらこんないいことあるよ』とか。『勉強しとけばいい大学行けるよ』みたいな。けど、そうじゃないよな。自分なりの意味とか解釈とか納得とか、……まあ、わからんけど、そんなんは自分で考えられるようになりたいな」

「……うん」

僕は改めて自分の言ったことを確認するようにうなずいた。言葉のひとつひとつは、自分が言ったことなのに、セナの言葉を通じて聞くと、そこには不思議な霊力のようなものが宿っているように思えた。

僕は遠くの山々に目をやった。鳥取砂丘にも同じように雪は降っているのだろうか。あの砂と海と空の世界に雪が降りてくるところを僕は想像した。そして、その想像の力でそこから何かを持ち帰ろうとして、空を見上げた。シベリアを越えてやってきた大きな大気の塊が山々にぶつかり、今にも雪が落ちてくる、そんな十二月の空だった。

少しの沈黙の後、セナが話し出した。

「ロシアの刑罰にさ」

「うん」

「バケツに入った水を右から左へ延々と移し替えるっていうのがあってさ」

「意味ないやん」

僕はその様子を想像した。それは徒労以外の何物でもない。くたびれ損の骨折りもうけ。僕の反応を見てからセナは僕の方を向いた。弱い十二月の日の光がセナの顔に当たり、彼の溌溂とした表情を印象付けるものにした。

「そう！　この罰の恐ろしいのは……」

いつものセナらしい絶妙のタメがあった。

「『人間は、意味がないと分かってることをするのが苦痛』ってこと。それを分かってこの罰をさせるロシア人、こえー」

セナは笑いながら言った。

「あー、だから勉強だるいんやな」

僕は「だるい」理由、その断片に触れた気がした。

「意味や目的がクリアであればあるほどそこに集中できるよな」

「ほんまにそれ」

僕は率直に感心した。セナと話せること、それはなんて有意義なことだろう。僕は自分の十七年の人生でセナに会えたこの幸運に感謝した。そして、この時間の中にこそ、何か大切なものがあると噛みしめながら心の中でお礼を言った。ありがとう、セナ。

「……あともう一個、勉強する気持ちを駆り立てる方法あるけど」

「まじか。　教えてよ」

「アハハ、また今度な。これはすごいでえ。まだ誰も到達していない究極的な勉強をする意味や。これまじでお金もらわなあかんレベルやで」

とセナはいたずらっぽく言った。けれど払えるお金があれば僕は喜んでセナに払っていたと思う。

「ところで、ふーぼー」

セナが急に低い声でこちらを見て言った。目は遠く山々に降る雪の結晶でも観察するかのように細く、そしてそこにはいささかの疑念のようなものが滲んでいた。

「……まじめな話やけど」

僕はどきっとした。

リコのことだ、と僕は思った。あれからリコに「お別れの話」を切り出せていない。僕は急に自分の情けなさを自覚し動揺した。

セナは少し怖い顔をして僕の方を見ていた。恥ずかしい話だけれど、その時、僕は言い訳を必死に考えていたと思う。冷たい風が僕に吹き付けても寒さを感じないほどだった。

「……ゲームボーイ貸して」

「……え」

僕は困惑と安堵の混じる世にも奇妙な「……え」を言ったのだと思う。そういえば十二月に入って

からセナはレトロゲームにはまっていた。僕はいとこにもらった黄ばんだゲームボーイのことを思い出しながら、

「セナ、勉強するんじゃないん?」

と聞いた。

「もちろん、勉強『も』する」

「も」にかなりアクセントを置いて答えた。

まあ、セナならひょっとするとゲームボーイからだって何かを学んで得点を取るかもしれない。僕はそう思って家からゲームボーイを持ち出して貸した。

雪が降ることを告げる雲が垂れ込めた十二月十二日の空に。

14　お別れの話

十二月十三日。セナは死んだ。

突然のことだった。僕はまずそのことが呑み込めなかった。

これは現実なのか。

セナは、鳥取砂丘で「真実は一つではない」と言っていた。僕はセナの言ったことを信じた。しかし、セナの死は動かしがたい事実だ。どう足掻いても変更することは不可能だった。こぼれたミルクはもとにもどらない。

そもそも。と僕は思った。そんなことがあってたまるか。なぜなら、僕はセナが亡くなる前日にゲームボーイを貸したのだ。そして秋休みにこれからのことを話したはずだったのだから。

僕は一人、誰もない公園にいた。

その知らせを僕は朝、学校で聞いたのだ。誰から聞いたのか、それすらも覚えていない。僕は一人になりたかった。

セナは、死んだ。そしてなぜだか分からないけど、自分は生きている。

セナの母の話だと心臓発作だったらしい。

「苦しまずに逝けたのがせめてもの……」

これを言ったのが誰かは分からない。嘘だ。そんなことは誰が分かるものか。僕はその言葉を誰かにぶつけることもできずにいた。

セナが死んだ日は、僕らは普通に登校して、普通に授業を受けて……。その普通はずっと続くと思っていた。その少し先で僕らを待つ一時的なお別れはあるにしても。

授業中に国語便覧のあるページが目に留まった。『二十四の瞳』の「花の絵」の冒頭。「海の色も、山の姿も、そっくりそのまま昨日に続く今日であった」。

すべて、嘘だ。授業中であるにも関わらず、僕は涙を抑えることができなかった。静かに席を立ち僕はトイレで泣いた。こんな酷い事があってたまるか。セナは僕の命の恩人でもあるのに。僕から奪うために与えたのか。僕は全てのものを呪った。セナのことがあってからカマヤツは学校に来なくなった。

それからしばらく僕はリコと過ごした公園で一人空を見るようになった。山間の町の空は変わらず閉塞感があり、空の一部だけを切り取って僕に見せてくれた。僕は辛うじて学校には行ったが、何も頭の中には入ってこなかった。

セナの死から一週間経っただろうか。学校の終業式があり、校長先生はそのことに触れた。しかし、その言葉も耳をすり抜けるだけで僕の中には何も残してはいかなかった。それはあたかも手から零れ落ちる砂のように。

死は生きている者にのみ感知される。死はいつも「生きている側」にある。そして、僕らは生きている限りこれからもたくさんの死に遭遇することが運命づけられている。それは突然、嵐のようにやってきて否応なく無慈悲に僕らの心をズタズタに引き裂く。

それが、予定されていようがされていまいが。

あの時見た彼岸花は、海は、空は、乾いた砂は、この死を予告していたのだろうか。何か不吉なものを孕む海。暗く手招きするような夜の暗い池。

地球の風が巡る。そして、それは不意にやってきて、またどこかに行ってしまう。鳥取に行った道中、フロントガラスに当たった落ち葉のことを思い出した。なぜだろう。なぜ今そんなことを思い出すのか。僕は、僕はこれから友の死と共存しながら、生きていけるのだろうか。あの日、彼岸花は確かに地球の風に少し揺れていた。

セナがここにいないという事実が僕を愕然とさせた。踏みしめても、踏みしめても前に進めない泥の中に僕はいた。僕に手を差し伸べて引き上げてくれたその友人が今この世から消えた。世界中探してもいないなんてことがあるのか。その事実は僕を果てしなく暗い沼に沈める。

冷たい十二月の雨が降る。雨、それはかつて海だったり、雲だったり、血だったりしたもの。だから舐めると途方もなく寂しい味がする。もう果てのない山々を越えていくほどに。

鼻の奥に血の匂いを感じた。


セナのことを思って、そっと手を合わせた。


僕は、僕たちは本当につらかったけれどセナの家に行った。葬式にも参列したが、その時のことは何も覚えていない。十二月の冷たい雨が降っていたこと以外は。

セナの家に行くのは久しぶりだった。カマヤツも一緒だったがカマヤツは何もしゃべらなかった。セナがいないことが分かっていてセナの家に行くのは言いようのない喪失感があった。僕らは一体誰に会いに行くというのか。その道中で、様々なことが思い出された。家の近くでサッカーをしたり他愛ない話をしたりしたこと。工場から逃げ出した時のこと、鳥取砂丘に行くことを決めた時のこと、ゲームボーイを貸してと言われて別れた時のこと、これらが無秩序に頭の中の嵐となり僕を襲った。何も言葉は出なかった。

セナの家に着いた。セナの父は仕事に出ていて、セナの母と叔母が家にいた。

セナの遺影を見て、その前に座った。僕にとってそもそもその光景そのものが現実感を著しく欠いたもので、どこを見ればいいのか分からなかった。促されるままに仏間の座布団に僕らは座らされた。

セナの叔母にあたる人が僕らの近くに来て、

「何か声をかけてあげて」

と言った。

僕らはしばらく黙った。その間は時間が止まったみたいだった。時計は見ていないが、確実に止まっていたのだと思う。こういう時にセナなら何て言う？　僕はいないセナに問いかけていた。

「……今まで友達でいてくれてありがとう」

これ以上の言葉はなかった。後ろでカマヤツの鼻をすする音が聞こえた。


僕はセナのことがあってからリコと話せないままに過ごしていた。やっぱり僕は嘘ばかりつく。鳥取砂丘であんなに固く結んだ約束もその効力を失っていた。僕は約束のひとつも守れない。

僕がセナのことで落ち込んでいることをリコはかなり気にしてくれて、毎日電話をかけてくれた。その優しさは嬉しかったが、僕に優しさに応えるほどの余裕はなかった。学校で会った時もリコは、

「福田君のタイミングで話せるようになったら連絡してね」

と言ってくれた。僕はそのことをありがたく思ったし、このまま連絡をせずに別れたとしても、それは自然なことなのかもしれないと最低なことまで考えていた。勉強も全く手につかず大学入試の共通テストも散々な結果だった。リコが作ってくれた「福」のマークの単語帳もあの日以来開くことはなくなっていた。


三月になった。僕は日課のように公園に行くようになっていた。公園で何かをするわけではなく何時間もベンチに座って過ごした。気が付くと真っ暗な中にひとりいた。山に囲まれた町では三月でも

すぐに日が暮れ、あたりを全て黒に変えた。ひとりということに気が付いた時、僕は公園を後にした。

十八時。僕はゆっくりと立ち上がり公園を出た。公園を出たところの桜の木の下に誰かが立っていた。桜の花が咲くのはずいぶん先だ。今目の前にあるのは、まだ枝だけの何ものでもない桜だ。

リコだった。

「福田君」

「……久しぶり」

「……ごぶさた」

「リコ、その……連絡できてなくて、ごめん」

「いいよ。寒くない?」

「寒くはない」

僕はコートを一枚羽織っただけだった。リコはピンクの大きなマフラーを巻いていた。桜の木の下にいると、小さなリコはまるで桜の妖精のようだった。肌寒い空の下、スカートとコート、マフラー、コートの下のカーディガンから少し胸の膨らみが確認できた。

しばらく沈黙があった。僕らの関係は今、どうなっているのだろう。僕は今更ながら自問自答をした。

「リコ、その、ちょうど話しておきたいことがあって……」

ちょうど、ではない。小さな嘘だった。

「ちょうど、じゃないでしょ」

「……うん」僕は気まずさから少し笑顔を作った。リコも笑い返してくれたことで少しほっとした。

「お別れの話？」

リコから切り出した。

一度、息を吸い込む。

「……うん」

「そうだと思ってたよ。福田君、別に好きな子おる……やろ？」

「……なんでそう思う？」

「福田君、なんかめっちゃ謝ってくるやん。なんかやましいことがあるんかなって。でも優しいからってことも分かってる」

「……ごめん」

「それそれ」

リコは笑った。

「優しいって言ったけど、嘘やで。本当は自分が傷つきたくないってことも分かってる」

僕はその言葉に胸が痛んだ。

「けど、そこも含めて好きよ。許せるってことは好きってこと。嘘でも付き合ってくれてうれしかった。本当はもっと分かりあえたらよかったけど」

僕は何も言えなかった。

「……あー、ふられちゃった。春はまだまだ遠いねえ」

リコはいつかの時のように桜の木の下でくるくる回って、一瞬だけこっちを振り返って、駆けていった。「最後に一回だけ顔を見ておくよ」と言っているようだった。夜の闇をかき分けるようにピンクのマフラーがゆれていた。僕がリコに最後にかけた言葉は「ごめん」だった。本当はリコにもっと言うべきことがあった、と思う。ほぼ成り行きのままに僕はリコを傷つけた。本当は僕から言うべき言葉が、かけるべき言葉があったはずだ。それなのに、リコから決着を引き出し、あるいはリコを加害者にまでしてしまったと思う。彼女の優しさに甘え、その優しさを貪り自分は一丁前に失恋をしたようにふるまい、僕は本当にずるい人間だと思った。


三月の二週目、カマヤツが学校に来た。

「ふーぼー」

少しだけ間の抜けた感じでカマヤツは僕に近づいてきた。

僕は友人の久しぶりの登校を素直に喜んだ。

「俺、親父のあとを継いで、車屋で働くわ」

「……、そうか。……すごいよ、カマヤツ。応援してる」

僕はかすれた声で言った。

カマヤツはカマヤツなりに悲しみに折り合いをつけて前に進んでいる。そうだ。カマヤツは口数こそ少ないがそういった力強さがあるのだ。砂丘での誓いが嘘にならないよう前進している友人を僕は改めて尊敬した。

「鳥取砂丘、楽しかったな」カマヤツはぼそっといった。

「うん」

僕は答えた。視界が滲んだのが分かった。

「なんで鳥取砂丘に行ったんやっけ」

「……セナの思い付き」

「行ってよかったな」

誰かの思い付きによって運ばれることがある。牛に引かれて善行寺参り。鳥取砂丘に行ったことは、明らかに僕らの何かを変えた。鳥取砂丘に、そう、自然の中にある時、人は自分を忘れる。

「カマヤツ、こっちの入試が終わったらまた遊ぼな」

「おう」

カマヤツは静かに、しかしはっきりと言った。そこにははかない約束を不履行にしたくないという決意のようなものが内包されているように僕は感じた。僕らは時間に押し出される形で否が応でも前に進む。それが牛の歩みのようにゆっくりであっても。

あれはいつの話だったんだろう。そう、その日、僕は偶然カナと二人きりだった。季節は巡り暦の上ではすっかり春になっていたが、僕ら山間の町にはまだひんやりとした風が吹き抜けていた。前日までの雨が上がり空は澄み切っていた。その空の青が一層寒さを強調し風にまで淡い青色がついているようだった。山の陰にある車道の脇にはうず高い雪が解けずに残っていた。車が跳ね上げた泥が雪に付着しどこか滑稽《こっけい》なオブジェとして町の至る所に存在していた。

カナは岡山県の短大に行くことが決まっていて、お別れを言うために僕を呼び出してくれたのだ。

その時、僕ら二人はカナの家の近くを歩いていた。

「いよいよこの町ともお別れよ。ふーちゃん」

「……ふーちゃんて……」

「……初めての一人暮らし、やっていけるかな」

「カナはどこに行っても大丈夫やよ」

本当は寂しい気持ちを押し殺しながら僕はできるだけ前向きな言葉を選んだ。

「電球切れたら取り換えに来てな」

カナは無邪気に言った。僕はその言葉が嬉しくて久しぶりに笑ったのだと思う。

うに。

焼き付いた。僕はその一瞬を覚えていたくてカナを見ていた。まるで湖底に沈んだ宝物を見つけるよとたたえる静かな湖のように光を放つカナの目。その光は一瞬の煌めきだったけれど僕の脳裏に強く

「笑顔がはじけてるやん」

とカナも笑顔で目を見て返してくれた。その目の奥には遠くの山々と空が反射していた。水を満々

とカナが言って

「お」

僕があまりにも目を逸らさないので、カナは不思議に思ったのだろう。顔の横に風船みたいな大きなクエスチョンマークがぷかぷかと浮かんでいた。でもカナは敢えてそのわけを聞かずにじっとこちらを見つめ返してくれていた。セナのことがあって、それを気に病んでいる僕のことをずっと心配している、そんな視線だった。心配の仕方は本当に人それぞれだ。心配していると口に出さなくてもその気持ちが伝わることは実際に、ある。

本当に永遠くらい一瞬のことだったけれど、僕たち二人は言葉にできない何かを交歓し、それを二人で分かち合った。そして、僕はそこからささやかな救いを見出したような気がした。

「何よ」とカナが笑いながら返すその時まで、僕はカナを見つめていた。カナの大きな黒目が僕を捉えていた。カナの笑顔に呼応する形で僕も微笑んだ。

カナの家がある細い通りから山側に二本ほど行った奥の道。僕らは並んで歩いていた。この町でカナと並んで歩くのはおそらく今日が最後になる、と僕は思った。

しかし、なぜその道を二人で歩いたのだろうか。それは普段は決して通らない道のはずだ。偶然の遠回りに僕は感謝した。道のすぐ横は山が迫っている。鳥取に行った時の道のように岩肌が露出している。そしてその山の中腹には浄水タンクがあった。僕が小学生の頃、宇宙人の秘密基地だと思っていた浄水タンクだ。下から見上げる浄水タンクは円柱型で灰色のコンクリートの壁面が恬《てん》として恥じない様子で佇んでいた。

「あ、千円」

突然、カナが言った。浄水タンクを見上げていた僕に向かって。カナは道路を指さしていた。僕はその先を見た。地面にはアスファルトにぴったりと張り付く形で千円札が一枚落ちていた。雪が解けて湿り気のある地面にぴったりと張り付いていたのだ。思わず僕は手に取ってみる。千円札の端は一部が無くなっていた。

「……焦げてる?」

「これさー、前この辺で火事あったんよ。その時のお金ちゃうん?」

カナが教えてくれた。確かに何日か前、カナの家の近くで火事があったとは聞いていた。

「公民館の向こうよ。煙すごかったで。お母さんが家じゅうの雨戸を閉めて回ってたわ」

「まじか」

「うん。煙が中に入るって。今でも家の中ちょっと焦げ臭いで」

僕は行きがかり上とはいえ拾ったお金をどうするかしばらく考えていた。

「交番に届ける?」

とカナが不安そうな顔でこちらを見て言った。カナの少し不安げな表情がまた僕の心を揺らした。

僕はその時自分でも全く説明できないことを提案した。

「浄水タンクの麓《ふもと》に埋めよ」

自分でもなぜそんなことを言ったのかは分からない。カナと少しでも長くいる口実を探していたのかもしれないし、お別れの予感が僕にその提案を口走らせたのかもしれない。けれど、カナはにっこりと笑って「いいよ」と言ってくれた。

二人で少しぬかるんだ山道を登る。小学生の時、工場の跡地を目指し山に登ったことや鳥取砂丘の丘を登ったことが自然と思い出された。体に刻まれた記憶が僕の過去を刺激する。次々と蘇る思い出は音もなく僕の前を過ぎていった。高校一年生の時、カナの家で二人きりで話した日の夜、僕らの前を通り過ぎた車のライトのように。それは近づくにつれて大きく、離れるにつれて小さく、そして二度と戻らないどこかに消えていった。

僕もカナも無言だった。時々少し後ろを歩くカナの息遣いが聞こえてきた。緩やかな斜面を十分ほど登ったところで僕らの前に浄水タンクが姿を現した。浄水タンクは近くで見ると大きく、立派な人工物として山の中に不愛想に立っていた。この町の歴史としては新参者といった印象で、今後この町の景色に馴染むまでは一定の時の風化を経ていくのだろうと僕は思った。僕は振り返ってカナの足元を見た。カナのローファーを泥で汚してしまったことに気が咎めた。

「ごめんね、急に」と詫びた。

カナは文句を言わず、

「ここ来たことないわ」

と笑顔で返してくれた。ちょうどその時、冷たい風が僕らの間を吹き抜けていった。涼しさが心地よくて二人とも少し笑っていたと思う。

「まあ、普通、女子高生は浄水タンクに興味ないから」

「……いや、興味はあったで。ここに誰か住んでたら怖いよな、とか。近くにあるから確かめもしないものって、あるよね」

カナがそんなことを考えていたなんて僕にとって意外だった。しかしその似たような妄想に僕は親近感を抱いた。

「近くにあるのに……、な」

と僕はまるで自分のことをアピールするような発言をしているような気がして、その発言の恥ずかしさに町の方に目をやった。見下ろした町の景色が目の前に広がっていた。

「絶景かな？　絶景かな？」

「いや、発音的には絶景かな、絶景かな、やな」

「絶景かな、絶景かな、逢坂加奈」

「……おっけ、よくわかった」

僕は笑った。カナのカナなりの表現が僕は大好きなのだと思った。おそらくカナはこれから始まる新天地での生活に不安を覚えているのだろうと思う。そして、セナを亡くして落ち込んでいる僕を励ましてくれているのだとも。人それぞれにその寄り添い方が、ある。

僕は、絶景、とまではいかないながらもそこにある景色にある種の感慨のようなものを見出すことができた。僕らはこの町で過ごしてきた。それだけは動かしがたい事実だ。いつもここにあって、それ以外ではない。鳥取砂丘がそうであったように、そこにあるだけで僕らの側に働きかけるこの景色の迫力とは、一体何なのなのだろう。

「あってあるもの」

不意にセナの声が聞こえた気がした。

「あってあるもの？　それ何？」

僕はセナに聞いた。

「旧約聖書『我はあってあるもの』」

セナは端的に答えた。

そこにあるだけで、それが存在するだけで、僕らの何かを動かすなんて。山も海も砂も人も。けれど、それはいなくなっても同じなん？

僕はセナに聞いた。

静寂が返ってきた。誰も壁打ちをしてくれなかった。一瞬の風が吹いたのが分かった。レーサーが通り過ぎた時のように何かがすごい速さで移動した時に吹く風だ。

セナ。と僕は心の中でつぶやいていた。

滲んだ視界の向こう側、山々の至るところには溶け残った雪があった。溶け残った雪が白い花のように残っている、そんな春が僕たちにとっての春だ。日光に照らされて時々、雪が落ちる音が聞こえてきた。パキパキとどこからともなく小枝が落ちる音も聞こえてきた。

「……セナ君のこと、ほんまに残念やったね」

僕の気持ちを察したようにカナが言った。

「……うん。まだ自分の中でも消化できてない。今でもセナは遠くに行ってしまっただけですぐに戻ってくるような気がしてる」

そう、さっきの凪みたいに。

「……そうやね」とカナが言った。カナは悲しみに全力で寄り添ってくれているのだと僕は思った。

僕らは近くに落ちていた瓦をスコップ代わりにして穴を掘った。そして捨てられていたスーパーのレジ袋に焦げた千円札を入れて埋めた。そして静かに手を合わせた。他の人が見たら浄水タンクの下で、何を祈ることがあるのかと甚だ滑稽だと思うだろうけど。

「……もしお金がなくなったら、ここに埋めた千円を使おな」

僕は言った。カナは、

「岡山から多美田を往復するだけで千円使い切ってしまうで」

と笑った。

「確かに」

僕も笑った。自分で言うのも変だけどきっと上手く笑い返せていたのだと思う。

山を抜ける風が鋭い角度で僕らに吹きつけてきた。この山のこの場所は本当に風がよく吹く。この町で季節の変わり目を一番知っているのはこの浄水タンクなのかもしれない。カナは顔をしかめてあからさまに寒そうにしていた。僕は寒そうに目を細めているカナの方を見て、その冷たい風に押し返されないくらい力を込めて言った。

「二人だけの秘密にしよう。この千円のこと」

カナの顔の横のクエスチョンマークの風船はさっきより大きくなっていた。そして、「そんなに大げさに言うことじゃないと思うけど」という顔を一瞬したが、僕が何か大切なことを伝えていると思ったのだろう。にっこりと笑顔で返しくれた。その笑顔は本当にきれいだった。目の端っこで地面の雪の下にある小さな黄色い花の芽吹きがかすんで見えた。それは優しい風に揺れていた。

「カナ、あのさー」

僕は続けた。

「何?」

沈黙があった。この沈黙の間にも時間は流れ季節は春に向かっている。僕はこの一拍の間、早く春になってほしいと願った。

「『光あるうち光の中を歩め』、知ってる?」

浄水場の山から下りる時、カナが僕に聞いた。

「それ……」

「リコリコから聞いた」

「リコリコて」

僕は思わず笑って返していた。

「そう、リコリコちゃん。『主は与え、主は取られる。汝の名はほむべきかな』。なくなったものを受け入れるって、難しすぎるよね。地震とか台風とか病気とか、これ以上、お願いだから私たちから奪わないでほしい」

カナは前を向きながら続ける。

「『ほむべき』なんて言えるには時間がかかるのよ、きっと。そして受け入れるのは永遠に無理かもしれない。でも、もし、自分を照らす光があるなら、その中を歩いてみるのは悪いことじゃないよね。……どう？　セナ君っぽくない？」

カナが笑顔で言った。

僕は、

「ありがとう」

と精一杯の自分の気持ちを言葉にした。

それ以上は涙が零れそうで何も言えそうになかった。

カナとはそこで別れた。ひらひらと手を振りながらカナは家の方に歩いていった。

結局、僕はカナに思いを告げることはできなかった。けれど、言葉以上に僕が伝えようとしていることを理解しようとしてくれるカナのことを好きになって、僕は本当に良かったと思った。

帰り道、僕は目の前を流れる川を見ていた。

溶けた雪の一滴が川に流れ、少しずつ季節が変わっていく、そんな川だった。僕とカナしか知らない地面の中の千円札。二人で交わしたはかない約束。この記憶を保持している僕らのどちらかがいなくなれば、この千円は無かったことになる。たとえ森で木が倒れても、それを認識できるものがいなければ、それはないのと同じだ。

僕は土の中に埋まる千円札の話を誰にも言いたくなかった。なぜと言って僕とカナの二人だけで交わした約束なのだから。

浄水場から帰った後、僕は、その先に待つ自分の人生への準備を始めた。

15　季節に折り目をつけるようにひっそりと

僕が大学二年生の時、カナからＬＩＮＥが届いた。僕らは本当に時々だがＬＩＮＥでのやり取りをしていた。「そっちはどう?」とか「電球切れてない?」とか。

カナからの連絡。その意味が僕に何かを予感させる。僕らはあの頃とは違う。それぞれの場所でそれぞれの景色を見て過ごしている。共通の経験をしてきた高校生までの僕らとはまた違った関係になっている。悲しいけれど確実に。

結局、僕はバクマツと同じように一浪した。地元を離れ京都に下宿し、京都の予備校に通った。そのうち行きたい大学が見つかった。やりたいことのきっかけみたいなものも少しずつだけど分かりかけてきた。

遅すぎたのかもしれないが、結局のところそれが僕のペースなのだと思う。やる前は何をすればいいのか分からず不平不満を垂れ流していた。それはきっとどうしていいのかが分からない不安に起因するものだったと今なら分かる。しかし、勉強をやり始めると不思議とやりたいことが見つかってきた。これは僕にとって大きな発見だった。その一歩は小さな一歩でも僕にとっては大きな一歩だ。その一歩を日々前進させていく。それは地味だが確実だ。ある時目に留まった予備校のカレンダーにはこう書いてあった。「千里の道も一歩から」。僕は生まれて初めてことわざの意味を理解できたような気がした。

浪人した一年はひたすら勉強に打ち込んだ。

その理由はセナのこともカナのことも忘れて自分を鍛えたかったからだ。落ち込んだり悲しんだりする余地をはさむことなくとにかく没頭する。それはゲームや漫画のような自分自身を消費するものであってはならない。

浪人時代、僕は自身の行為を「消費」と「生産」に分けた。今行っていることが生み出しているものは何か、僕は努めて意識するようにした。自分を見ている自分がどこか外にいる。存在するとは、英語の語源通り「exist《イグジスト》」、「ex《イクス》」（外）にsisto《シスト》（立つ）もの。主観と客観。自身が映している目の前の出来事は意識という濾過装置を通過してやってきたもの。「出来事」引く「意識」。残ったものが「客観的事実」。もちろんそんな簡単なことで世界を分けることはできない。しかし、僕は様々な実験を繰り返し、世界を正しく認識したいと考えていた。誤解している自分がいることを認めながらではあるけれど。

時折、何かが引き金となり、とめどなく涙が溢れる時があった。それは模試の得点や受験のプレッシャーによるものではない。涙は前触れなくやってきて僕を孤独の沼に引き込んだ。そこではもがく力すらもが奪われた。悲しみが僕をひたひたと満たし、少しでも動こうものなら涙が零れ落ちる。

そんな時、僕は抗うことはせず、静かに悲しみが乾いていくのを待った。潮が引くのを待つ干潟の小さな生き物のように。夕闇が訪れた暗い部屋で、絶望が身を貫く時、僕はそのまま静かに目をつむり眠りに落ちるのをひたすら待った。時間を吸って時間を吐く。それだけだ。刻一刻と刻む時が前に進んでいること以外、何かを考えることはできなかった。

僕は時々、鳥取砂丘で出会ったアキのことを思い出した。アキはあれからどうなっただろう。学校には行くようになったのだろうか。そして希望する大学に合格して僕よりも一足早くキャンパスライフを謳歌しているのだろうか。そのことを考えている時、僕は一瞬ではあるが、絶望の沼から一歩這《は》い出ることができたように思う。そして地元で父親の後を継いで働いているカマヤツのことを思った。カマヤツも僕みたいに動けずに一日を過ごすことがあるのだろうか。いや、カマヤツはそんなに弱くない。今、目の前のやるべきことを全力で処理するのがカマヤツの美徳だ。手で砂を掻いては集め、ある程度溜まったら、別の場所に運ぶ。時々間の抜けたことを言っても、人を傷つけることは言わない。カマヤツの凄さを思い出して僕は自分を奮い立たせた。

僕はアキやカマヤツのことを思うと少しだけ気持ちが楽になった。悲しみの波が突如として訪れた時、僕はできるだけ何もせずにその流れに身を委ねていた。そして時折思い出す鳥取砂丘でのことをかすがいとして、また現実世界に戻ってきた。突然襲ってくる悲しみに対して僕は少しずつではあるが、身の処し方を体得していった。深い絶望から帰還した後は、またいつも通り僕はひたすら勉強に打ち込んだ。

勉強していく過程で気が付いたことがある。勉強をする行為そのものは思いの外、悪くないということだ。それは誰も教えてはくれなかった。いや、言ったのかもしれないがなぜ悪くないのかを詳しく言ってはくれなかった。僕は勉強についてはこんな風に考えた。

勉強することは「悪くない」、いや、「面白い」時すらある。しかし、「面白い」に至る手前で「マシ」という瞬間があるのだ。「悪くない」、「マシ」、そして「面白い」。「マシ」と感じるのは、わずかながらも解決の筋道が見えた時だ。「見通しがつく」と言った方が良いかもしれない。「マシ」という状態を経過しやがて「面白くなっていく」。世の中には続けていくことで見えてくるものが確実にある。僕が高校三年生の時、廊下で図らずもバクマツに言ったこと、「意味を自分で見つけること」を僕は後から実感を伴って理解できたのだと思う。その時は自分でも言ったことの意味をよく分かっていなかった。しかし、後になってから自分の言った言葉の意味を僕は身をもって理解した。分かるまでにこんなに時間がかかるなんて。しかし、実感なくして理解を獲得するのは難しいのだろう。そう思えば、月並みな表現だが、人生捨てたものじゃない。もちろん、そう思えることは幸運な巡りあわせの結果であって、そう思えない場合の僕だってきっとありえたのだろうと思う。勉強とは限りない実験の繰り返し。試行錯誤の結果、古い自分を捨て去り、新しい自分を獲得する。今を否定し、これからを受け入れる。

All《オール》 life《ライフ》 is《イズ》 an《アン》 experiment《エクスペリメント》. The《ザ》 more《モア》 experiments《エクスペリメンツ》 you《ユー》 make《メイク》, the《ザ》 better《ベター》.

「人生、全て、実験。実験の数は多いほど良い」

ラルフ・ワルド・エマーソンはそう言った。勉強。勉強。そして暇があれば貪るように本を読んでいた。それはかつてセナがそうしたことを引き継ぐように。セナはいなくなったけれど、セナが残した何かが僕を前に動かしていた。

希望の大学に合格した後、僕は何を血迷ったか体育会系の部活動に入った。学力の次は体力だ。なんとも短絡的な発想だったがその決定は確信に導かれていた。その頃、僕は肉体的にも精神的にもひたすら強さを求めていた。ハードじゃない、中身の詰まったソリッドなもの。


カナからLINEが来たのはそんな日々のルーティンの中だった。その日は、季節に切り込みを入れるように夏にしては涼しい風が吹いた日だった。おそらく前日の雨の影響だと思う。僕の中で急にブレーキがかかり、一番弱い部分が外気にさらけ出されたような気分になった。僕は今までの僕から高校三年生の僕へ一瞬で戻ったのだと思う。

部活の練習が終わった後、LINEを見た。LINEは三つ来ていた。冒頭は「清水加奈《しみずかな》より」だった。

僕は当初、この意味を理解するのに苦労した。なぜなら、カナの名字は「逢坂」だからだ。今更それを確認する意味はない。しかし次の瞬間、これは自分にとって良くない知らせなのだと直感した。おそらくこのLINEは。いや、考えたくはないが、カナの結婚のお知らせなのだ。僕は一度、大きく息を吸ってから、吐いた。オレンジ色の入道雲が、部活終わりの夏の空、京都の山々のはるか向こうに見えた。

僕はLINEを読み進めることにした。「清水加奈より」の文の下には、カナとその友達とが映る写真が添付されていた。大学の友達と訪れた先での写真であることが分かった。カナの写真を見た僕の心拍数は上がった。たとえ写真でも僕はカナの顔が見られたことが嬉しかったからだ。大きな釣鐘をバックに大学生のカナがこちらを見ている。高校生の時の無邪気な明るさに加え、カナにしか出せない眩しさを放っている、そんな笑顔だ。大学生になってから覚えたメイクもカナらしく似合っていた。雰囲気が華やかになっていたが、カナがカナであることは変わらない。その写真に写っているのは女友達だけのようだった。僕の頭は未だに混乱状態ではあったけれど、少し正常さを取り戻していたと思う。写真の下にはそのお寺にあった言葉の引用と、一言が添えられていた。

善し悪しの　中を流れて　清水かな

ふーちゃん、この意味分かる?


僕は噴き出した。カナなりのユーモアというか天然というか個性がそこに溢れていた。

そして次の瞬間、不意に僕の中でも何かが決壊したような気がした。カナからのＬＩＮＥは、今まで僕が経験してきたこととこれからを結ぶ言葉だった。過去と未来をブリッジする何かがそこに確かにある。そしてそれは、色々な経験を経た今だから分かることだ。高校三年生の僕だったら到底理解することはできなかったのだと思う。

僕はカナからのＬＩＮＥを何度も読んだ。

「善し」も「悪し」も草の「アシ」の掛詞。良いことや悪いこと、僕らはその中で揺れる一本の弱い葦だ。

「人間は考える葦である」

不意にセナの言葉が聞こえた。僕はこの言葉をセナから聞いて覚えていた。

「葦って足やと思ったやろ」

とセナは見透かしたように言った。

「どういう意味？」

と僕はセナに聞いた。

「ナメクジにも角がある」

「……は？」

「ごめん、ごめん、ちっぽけな人間の尊厳」

高校生のままのセナの声はやがて遠くに消えていった。

「う、ううん？」


ふと我に返る。僕はスマホでカナからのメッセージを読んでいる。

良いことも悪いことも少しばかり経験し、ささやかながら強くなった僕がいる。

そう、清濁併せ飲んだ果ての突端にいる、そんな僕だ。

鳥取砂丘に行ったあの日、道と伴走するようにすぐ横を流れていた川のことを思った。

光が差す時も陰る時も、僕らは今という時間の中を遷移していく。

そこに例外も特別もなく。

流れる秋の水のように、僕らは。

僕はＬＩＮＥを読み終わった後、目の前の景色をじっと見ていた。京都の夏の終わりの空だ。建物の高さに制限のある京都では空の切れ目は遠い。先ほどの入道雲は湿気を吸収しよりむくむくと大きくなったように見えた。

僕は。

僕は、この先に待つ何かを期待せずにはいられない。

僕は、カナに会いに行こうと思う。

自分の心に正直になることが今ならできる。

たとえ、その結果がどんなものであろうとも。

午前四時。カナがいる岡山に行く日の朝が近づく。

世界を前に押し出す慣性に身を委ねて僕は、僕らは動き出そうとしている。

そして僕の脳裏からは、かつて訪れた鳥取砂丘の記憶が遠のいていく。

僕はそれに抗うように、もう一度思い出の中に身を沈めた。


彼岸花の花言葉は、「追想」、そして、「また会う日を楽しみに」。

時の彼方に飲み込まれてしまい、もう会えない僕の友人、セナ。

僕はセナと時を跨《また》ぎ邂逅《かいこう》した。

季節が運んできた風の中に確かにセナはいたのだ。


僕の目の前に砂丘は広がる。

そう、あれは秋休みだった。あの秋休みを経て僕は、僕らは変わった。偶然がもたらしたものかもしれないが、そこを分岐点として今の僕がある。セナがいて、カマヤツがいて、鳥取砂丘で偶然出会ったアキがいた。

「ブリコラージュって言ってさあ。役に立つと思えないものでも持っておくと後で使えることがあると思うねん」

セナの声が聞こえる。

「……ちっぽけな人間の尊厳」

強い風が吹き、砂が舞う。

断片的ではあるが、風の音に交じってセナの声が聞こえてくる。

しばらくして僕らは再び歩いて砂丘の上に来た。海の方を振り返る。

「……この海はどこからきたんやろう」

僕は聞いた。

「海はずっとあるやろ」

カマヤツが言った。

「アハハ。海はどこから、砂はどこから……、それを考えるちっぽけな人間の尊厳。人間は考える葦やな」

セナが言った。

僕は海がどこから来たのかを想像してみた。

それはきっと一滴の雫だ。

一滴の雫が、空から落ちてくる。

雫は降り注ぐ雨になり山を下っていく。

岩肌を削り川になり、そして、海を目指す。


僕らもその一雫だ。僕らは山々に囲まれた町で生まれ育った。

僕らはいつか地元を出て、〝海〟を目指すことになる。

風に吹かれ、山を下り、川を流れ、その姿を様々に変えながら。

ある時は滝を下り、その過程、中空で蒸発し、ある時は地に沈み、またある時は濁流に翻弄され自身が自身であることすら失うかもしれない。

時に泥濘《ぬかるみ》に、時に淀みに、その停滞に絶望することもあるだろう。

あたかも僕らの町にある「死の象徴」のように。


しかし、僕らはそこにあったのだ。

その小さな一雫は、キラリと陽光を捉え輝く。

「反射している回数が多いほど、雫は輝く」

セナが言った。
僕は、僕らは何年か経った時、どこにいて、何をしているのだろう。
その時、僕らは何かを反射して輝いているだろうか。

セナは死んだ。

消えた命。
十二月十三日、月の晩。
月は死の象徴。
そして僕は今生きていることを実感する。
生命というありきたりでありながら、宇宙で唯一の現象。
誰かに手を引かれて。

あの秋休み、僕らは鳥取砂丘に行った。
季節に折り目をつけるようにひっそりと。

あとがき

私が鳥取砂丘に行ったのも高校三年生の秋休みでした。気の置けない友人と、日常に折り目をつけるように、あるいは折り目をつけたくて一路、鳥取を目指したのです。

そこで見た景色は私の心に「ピン留め」され、忘れられないものになりました。長い歳月が流れて、実際の風景が少しずつ変わっていったとしても、私の意識に刻まれた「砂丘の風景」は時の浸食とは無関係に、今も変わらずここにあります。デジタルタトゥーならぬ、私の身体感覚に刻まれたアナログタトゥー、とでも呼べばよいのでしょうか。心の奥の小さな一室に、誰かからもらったお土産のように私の心を温めてくれています。

後年、私は、そういった忘れられない風景（場合によってそれは経験だったり人生におけるイベントだったり）に「勿怪《もっけ》の幸い」で巡り合うことがありましたが、その時の風景の折りたたみ方、その原型のようなものは、高校三年生の秋休みがきっかけになっていると思っています。心のどこかに心象風景を入れる通路ができあがって、それを格納する部屋ができた、といった感覚です。

そういった「事実」を引っ張り出してきて物語の構成《ストラクチャー》としました。そして虚構《フィクション》で肉付けをした結果、自身が思ってみないところに流れていったというのが書き終えた直後の所感です。登場人物にある程度のモデルはいますし虚実織り交ぜながら描いてはいきましたが、大筋ではそれなりに「でっちあげ」ることができたと思っています。虚構の登場人物たちに創り出した責任はある程度感じていますが、彼らへの制限は特にありません（煮るなり、焼くなり）。反応があることそのものが、口を開けていると入ってきたぼた餅のようなもの、思いがけない幸運です）。

山間の町の地方の高校生が鳥取砂丘に行って帰る、そのひと秋の物語。「ふとした思い付きの結果、何か『それらしいもの』を得て帰る、そして、その後も登場人物の人生は続く」といったどこにでもある真理に光が当たればいいなあと思っています。そして、この物語を読まれた皆様が、更に様々な角度から光を当てていただければ、この上ない僥倖です。

底なし沼や沈殿池など、流れる水が形を変えたものは、「すぐそばにある不吉なものの象徴」です。看過できないものだけど、本当にすぐそばにある。そして、それらと共にあることは生きる上での宿命のようにも感じています。停滞とか絶望とか。それをユーモアに昇華するには、セナやカマヤツのような友人の存在は大きいです。

本当に鳥取砂丘くらい大きい。

小説に限った話ではないですが、そう、たとえば、絵画、音楽などの芸術鑑賞やスポーツ観戦なども、その前後（小説なら読む前と後、スポーツ観戦なら見る前と後）で我々の気持ちに少なからず変動が起きます。少し強い言葉で表現すると「価値観を揺さぶられる」ようなことです。それは人と人が、あるいは人と自然が、もっと言うと自分とそれ以外のものがぶつかる接面において激しくも静かな火花を散らしています。その火花に自覚的になるには「意図的に非日常の場を設定すること」

が必要です（旅行に行ったり映画を観たり）。もちろん、意図した場の設定が効果を生むことを認めたうえで、しかし、私は敢えてこう言いたい。「意図しない、偶然のもたらす場の設定の中にこそ」と。そこにこそ「場の持つ重みを最大化する何か」が潜んでいるのではないかと私はにらんでいます。他愛ない日常の会話、その中に究極の真理？ のようなものが転がっていることがある。セナの言う「ブリコラージュ」。だとすれば、私たちは「日々の偶然から幸運を持ち返る感受性を磨き続ける必要があるのではないか」、と。

私にとって「知らない誰かに向けて文章を書く」という行為は、手紙を入れたビンを海に流して読まれるのかなと思うくらい気の遠くなる話です。まずは奇跡的に流れ着いた先で手に取っていただけたことに、そしてここまで読んでいただけたことに心からの感謝を申し上げます。ありがとうございます。

最後になりましたが、私の身に余る幸運（書籍化）に最大のご尽力をいただきました今井出版の皆様、ご助言いただきました審査員の皆様、ありがとうございます。

そして、前の職場の皆さん、今の職場の皆さん。私を支え引き上げ背中を押しくれる友人たち。そしてそして、何より、私のやっていることをいつも応援してくれている家族にありったけの感謝を込めて。いつもありがとう。

二〇二四年九月一六日（月）　まだ葉の上に葉の影が濃い秋のとば口に

福本　肇

小さな今井大賞とは

今井書店グループ今井印刷㈱が運営する、本づくりとクリエイティブの地域コミュニティ「小さな今井」が、二〇二〇年に文化振興と新人クリエイターの発掘を目的に創設したのが「小さな今井大賞」です。

第四回は応募資格を日本国内にお住まいの方とし、全国各地からたくさんのご応募をいただきました。この作品は、「第四回 小さな今井大賞」大賞受賞作です。

私たちは、これからも山陰の地から、時代に合った文化の創造・発信に努めてまいります。

〈著者略歴〉

本名：福本　聡（ふくもと　さとし）

1984年兵庫県生野町（現朝来市）生まれ。

立命館大学文学部　哲学科卒業。

大学卒業後、教育業界に就職し塾講師、教室長として従事。

2024年、組織マネジメントコンサルティング企業へ転職。

組織マネジメントを学び、「人々の持つ可能性を最大化する」を実践すべく日々奮闘中。

地方と中央の教育格差、教育に従事する方々の働き方に課題感を持ちつつ、それらを組織マネジメントで解決することに挑戦中でもある。

秋休み、あの砂丘で僕らは

2024年11月30日　初版第１刷

著　者　福本　肇

発　行　今井出版
〒683-0103　鳥取県米子市富益町８（今井印刷㈱内）
電話（0859）28-5551

印　刷　今井印刷株式会社

©2024　Hajime Fukumoto　Printed in Japan
ISBN 978-4-86611-420-0

不良品（落丁・乱丁）は小社までご連絡ください。送料小社負担にてお取り替えいたします。

本書のコピー、スキャン、デジタル化等の無断複製は、著作権法上での例外である私的利用を除き禁じられています。本書を代行業者等の第三者に依頼してスキャンやデジタル化することは、たとえ個人や家庭内での利用であっても一切認められておりません。